JEAN-CHRISTOPHE RUFIN

Der Tote im Pool

EIN FALL FÜR DEN KONSUL

AUS DEM FRANZÖSISCHEN VON
ELIANE HAGEDORN UND BARBARA REITZ

TROPEN

Tropen
www.tropen.de
Die Originalausgabe erschien unter dem Titel »Les Trois Femmes du Consul«
© 2019 by Flammarion, Paris
Für die deutsche Ausgabe
© 2024 by J. G. Cotta'sche Buchhandlung Nachfolger GmbH, gegr. 1659, Stuttgart
Alle deutschsprachigen Rechte vorbehalten
Cover: Zero-Media.net, München
unter Verwendung einer Illustration von © FinePic®, München
Gesetzt von C.H.Beck.Media.Solutions, Nördlingen
Gedruckt und gebunden von CPI – Clausen & Bosse, Leck
ISBN 978-3-608-50162-9
E-Book ISBN 978-3-608-12251-0

1

Eigentlich verwunderte es niemanden, dass man ihn ertrunken in seinem Swimmingpool gefunden hatte.

Schon lange hatte Béliot, der alte Béliot, wie er sich gern selbst nannte, um sich herum Hass geschürt. Da musste es irgendwann zu einem Gewaltausbruch kommen. Unter den Auswanderern in Mosambik war er zwar bekannt, doch hielten sich alle nach Möglichkeit von ihm fern. Selbst die vor Ort lebenden Franzosen, von denen es in dieser ehemaligen portugiesischen Kolonie ohnehin nicht viele gab, gingen ihm aus dem Weg. Durchreisende, Touristen, internationale Beamte oder leitende Angestellte, die hier für ihre Firmen tätig waren, verirrten sich nur selten in sein Haus.

Dabei war sein Hotel, die Residenz dos Camarões, günstig in der Nähe des Stadtzentrums und des Hafens gelegen. Doch es kursierten zu viele Gerüchte, die dem Ruf des Hotels geschadet hatten. Die wenigen Gäste, die sich dennoch hierher trauten, wurden schnell Zeugen peinlicher Szenen.

Béliot verbrachte seine Tage in einem Korbsessel mit abgenutzten Kissen, von dem aus er den Garten und den Pool im Blick hatte. Auf dem Tischchen vor ihm lagen verstreut Zeitungen, daneben stand zumeist ein Glas Whisky mit halb geschmolzenen Eiswürfeln. Mit einem kleinen Knopf, der unter dem Tisch angebracht war, konnte er eine der Bedienungen rufen. Diese Aufgabe wurde abwechselnd von zwei oder drei jungen Afrikanerinnen übernommen. Wenn der Klingelton ertönte – nie weniger als fünfmal in Folge – näherte sich die jeweils Zuständige widerwillig. Béliot erteilte ihr knappe Befehle, die wie Peitschenhiebe knallten.

Die Mädchen waren daran gewöhnt. Und sie hatten ein probates Mittel gefunden, um den Chef zu besänftigen: Sie zwängten ihr Hinterteil in einen hautengen Rock und knöpften die Bluse bis zum Bauchnabel auf. Wenn sie Béliot dann den georderten Whisky servierten, beugten sie sich tief zu ihm hinab und ließen eine schwarze, samtige Brustwarze vor seinen Augen schwingen, die ihn beschwichtigte. Anschließend kehrten sie hüftwiegend in den Dienstbotenbereich zurück. Auch wenn die Zeit verging, das Alter kam und der Körper schwächer wurde, so war der alte Béliot doch nicht von fleischlichen Begierden befreit. Noch immer war sein vom Verlangen getrübter Blick auf die sich entfernenden Hinterteile und Schenkel geheftet. Bisweilen erlaubte er sich sogar, zuzulangen, was die Mädchen vertragsgemäß akzeptierten. Sie wussten, dass der alte Weiße nicht weitergehen würde, da seine angetrauten Frauen um ihn herum über ihn wachten.

Die Residenz dos Camarões war ein altes Herrenhaus, das aufgestockt und seitlich erweitert worden war. Béliot hatte es in Eigenregie umgebaut. Als ehemaliger Bauleiter hatte er einige Projekte verantwortet – Brücken, Flughäfen, Bürogebäude. Viele offizielle Bauwerke der mosambikanischen Hauptstadt und anderer Städte auf dem gesamten afrikanischen Kontinent waren sein Werk. Doch auf keines war er so stolz wie auf sein Anwesen. Nach der Entkolonialisierung von Mosambik im Jahr 1975 hatte er es sehr günstig erworben. Es handelte sich um das Eigentum eines wenig begüterten Portugiesen, der geflohen war. Der eigentliche Wert lag in dem großen tropischen Garten, der mit einheimischen Mangobäumen und Palmen bepflanzt war, aber auch mit aus Brasilien importierten Arten wie Jakarandas und Paubrasilias. Die dichte Vegetation sorgte für kühlen Schatten, der nun, da sich Maputo in eine verstopfte und laute Hauptstadt verwandelt hatte, besonders wertvoll war.

Beim Kauf des Anwesens hatte Béliot nicht recht gewusst, was er damit anfangen sollte, da er sich zu jener Zeit wegen seiner Bauprojekte häufig im Ausland aufhielt. Damals hieß der Ort noch Lourenço Marques und wirkte wie eine kleine, verschlafene portugiesische Kreisstadt. Der Bauunternehmer machte hier, wo er später auch seinen Ruhestand verbringen wollte, zunächst Urlaub. Nach und nach war das Haus immer größer geworden, und schließlich hatte Béliot es in ein Hotel umgewandelt.

Auf der überdachten Terrasse gegenüber dem Pool verbrachte er jetzt seine Tage. Dieses schattige Plätzchen zwischen quadratischen Säulen war seit der Zeit des kleinen Kolonialpavillons unverändert geblieben: dieselben Stoffkissen in unmodernem Orange, derselbe eiserne Vogelkäfig für den Beo, dieselben Hängetöpfe mit tropischen Pflanzen, die nach modrigem Schwamm rochen. Nur die weiblichen Bedienungen wurden regelmäßig ausgetauscht.

Die anderen Gebäude, die auf dem Grundstück errichtet worden waren – das Hotel, das Restaurant mit den um den Pool verstreuten Tischen, das Büro, das Buchhaltung und Rezeption beherbergte –, schienen nicht zu derselben Welt zu gehören wie der einfache Gartenpavillon. Hier fühlte sich Béliot immer noch ganz zu Hause. Letztlich tolerierte er lediglich die indiskrete Anwesenheit der Gäste und des Personals – soweit ihm das bei seinen Launen möglich war.

In der ersten Zeit genossen es die wenigen Unerschrockenen, die in diesem Etablissement abstiegen, sich wie zu Hause zu fühlen. Weit von der Heimat entfernt oder zu Beginn der schwierigen Auswanderungsphase war die familiäre Atmosphäre eines Privathauses für Reisende angenehm. Doch schon bald verwandelte sich dieser Vorzug in einen Albtraum.

Es begann, wenn Béliot im Laufe des Vormittags aufstand. Mit einem viel zu weiten Unterhemd bekleidet, das seine mageren Arme enthüllte, trat er aus seinem im Erdgeschoss hinter der Terrasse gelegenen Schlafzimmer. Um den Bauch trug er ein breites Bruchband, das dazu diente, mehrere Hernien einzudämmen. Seine dürren, von Krampfadern überzogenen Beine boten sich den Blicken der Gäste dar, die, umrahmt von den leuchtenden Hibiskus- und Tamariskenblüten, im Schatten der Sonnenschirme ihr Frühstück beendeten. Wenn er zu seinem Stammsessel gegenüber dem Pool ging, um sich ein erstes Gläschen zu genehmigen, beglückte er sie sogar mit dem indiskreten Anblick seiner Intimteile, die aus der schlabbrigen Unterhose hingen. Dieses Schauspiel erregte bei den Gästen zunächst Verlegenheit, die jedoch rasch in Abscheu umschlug.

Wenn dann die ersten lauten Rufe ertönten und Béliot begann, sein Personal zu beschimpfen, ergriffen die Eindringlinge die Flucht. Dies war auch den Verfassern von Reiseführern zu Ohren gekommen. Der wichtigste von ihnen lobte Béliots Haus zwar wegen der Schönheit seines Gartens und der Qualität der Zimmer, fand aber sehr strenge Worte für den Charakter des Chefs, die viele Reisende von einem Besuch abhielten.

Also stand das Hotel größtenteils leer. Vor dem Pool sitzend, verbrachte Béliot seine Tage damit, Patiencen zu legen, Zeitungen durchzublättern und zu trinken. Mit zunehmender

Anzahl an Whiskys sackte er immer mehr in seinem Sessel zusammen.

Bei Einbruch der tropischen Nacht – um achtzehn Uhr, egal zu welcher Jahreszeit – flammte die Beleuchtung des Schwimmbads auf, und Béliot hielt wie ein König Audienz. Nacheinander besuchten ihn stets dieselben Persönlichkeiten, Afrikaner und Weiße. Sie kamen allein, höchstens mal zu zweit. Béliot besaß eine kleine Fernsteuerung, mit der er die Farbe der Poolbeleuchtung verändern konnte. Waren die Besucher gegangen, spielte er noch lange damit und betrachtete jede Nuance des Wassers. Der Anblick versetzte ihn in eine Träumerei, deren Reiz auch im Laufe der Jahre nicht nachgelassen hatte. Wenn er schließlich eingeschlafen war, fassten ihn zwei Bedienungen unter den Armen und brachten ihn ins Bett.

#

Als Aurel Timescu, stellvertretender Konsul der französischen Botschaft in Maputo, sechs Monate zuvor seinen Dienst in der Hauptstadt antrat, hatte er keine andere Wahl gehabt. Wegen des Afrika-Cups stand nicht ein einziges bezahlbares Zimmer mehr in der Metropole zur Verfügung. Und so hatte er vierzehn Tage in der Residenz dos Camarões beim alten Béliot verbracht, bis die Wohnung seines Vorgängers neu gestrichen und die sanitären Anlagen überholt worden waren. Aurel hatte das Hotel ganz für sich allein, da es außer ihm keine weiteren Gäste gab.

Letzten Endes hatte es ihm dort sehr gut gefallen. Die Kühle und die Ruhe des Gartens mit seinen zarten Farben hatten ihn positiv für das Land eingenommen. Dabei war Aurel Timescu tief betrübt gewesen, anlässlich seiner Versetzung nach Mosambik nach Afrika zurückkehren zu müssen. Nach seinen früheren Erfahrungen war dieser Kontinent ein Synonym für Lärm, Hitze und Staub. Vom Hotelgarten aus wagte er sich in die Umgebung vor und entdeckte, dass das Klima gemäßigter war, als er befürchtet hatte, selbst wenn die Sonne für seinen Geschmack zu intensiv schien. In Mosambik herrschte eine Art ewiger Frühling, der natürlich nicht den Charme eines mitteleuropäischen Herbstes hatte, aber doch erträglicher war als das feuchtwarme Klima der Sahelzone.

Der zweite Grund für seine Vorliebe für die Residenz dos Camarões war die Abwesenheit des Hotelbesitzers während nahezu seines gesamten Aufenthaltes. Am Abend von Aurels Ankunft war Béliot wegen einer der zahlreichen Krankheiten – die ihn plagten, ohne ihn je umzubringen – ins Krankenhaus eingeliefert worden. Auf dem Wege der Besserung war er zwei Tage vor der Abreise des Konsuls zurückgekehrt, hatte aber sein Zimmer nicht verlassen. So hatte Aurel den Mann, den man jetzt in seinem Swimmingpool gefunden hatte, nur flüchtig als abgemagerte, in einem Rollstuhl zusammengesunkene Silhouette wahrgenommen. Vom Garten aus hatte er die Ankunft des Hotelmonarchen beobachtet und auch, wie seine französische Ehefrau in Begleitung einer jungen Afrikanerin aufgetaucht war, um ihn zu Bett zu bringen. Etwas später, als die beiden wieder verschwunden waren, hatte eine Mosambikanerin um die fünfzig – schmuckbehangen, festlicher Boubou, sorgfältig geflochtene Zöpfe – dem Kranken einen kurzen Besuch abgestattet. Und den ganzen nächsten Tag über hatte sich das Ballett der Bedienungen fortgesetzt. Von Zeit zu Zeit hörte er die wütende Stimme des alten Béliot und stellte sich die Wirkung des Gebrülls auf die ihn umsorgenden Frauenzimmer vor.

Für ihn war es somit unmöglicher denn je, zu einem Glas

Weißwein oder einer anderen Bestellung zu kommen, denn das für den Chef mobilisierte Personal ignorierte Aurel vollständig. Diese Atmosphäre erinnerte ihn ein wenig an sein Heimatland Rumänien: Das erdrückende Patriarchat auf dem Land und auf höchster Ebene die autoritäre Diktatur des »Vaters der Nation«, des »Führers«, dessen Apparatschiks sich bis ins letzte Glied bemühten, dieses imperiale Gehabe nachzuahmen und die erlauchten Capricen zu befriedigen.

Die Gleichgültigkeit, die Aurel als einzigem Gast entgegengebracht wurde, hatte aber auch einen Vorteil: Er konnte tun, was er wollte. Ausnahmsweise beachtete ihn niemand. Trotz der feuchten Hitze des Südens trug er seinen dicken Tweedmantel. Seine altmodischen europäischen Anzüge, die zerknitterte Fliege und die Tatsache, dass er trällernd am Pool Partituren schrieb, lösten beim Personal nicht die geringste Verwunderung aus. Alles drehte sich um Béliot, wenn dieser da war – und war er abwesend, schien alles stillzustehen. Entweder ging es zu wie bei Hofe, oder es war wie ausgestorben.

Aurel hatte während seines Aufenthalts sein Privatleben organisiert. Er fuhr mit dem Taxi zum Konsulat und wies unter dem Vorwand, noch nicht eingerichtet zu sein, jegliche Verantwortung von sich. Das war seine bewährte Taktik bei jedem neuen Posten, den er antrat: Zunächst demoralisierte er seine Vorgesetzten und gab ihnen zu verstehen, dass nichts von ihm zu erwarten war. Seine lange Laufbahn entband ihn jeglicher Erklärung – sein Ruf eilte ihm voraus.

Sein Aufenthalt im Hotel dos Camarões war sechs Monate, bevor man Béliot ertrunken im Pool fand, zu Ende gegangen. Aurel hatte es in gewisser Hinsicht bedauert, ihn nicht besser kennengelernt zu haben. Dieses Gefühl bedrückte ihn nicht sonderlich, bekam aber eine andere Bedeutung, als er von seinem Chef, dem Generalkonsul, vom Tod des alten Hoteliers und vor allem von der Verhaftung seiner französischen Frau erfuhr.

#

Aurel Timescus Akte war katastrophal und machte ihn zum Problemfall für die Personalabteilung. Er hatte es erst spät und durch ein untergeordnetes Auswahlverfahren in das Außenministerium am Quai d'Orsay geschafft. Dennoch hätte er durch harte Arbeit und ausgeprägte Unterwürfigkeit aufsteigen können. Doch dazu war er außerstande. Und so wurde er mit über fünfzig Jahren auf Posten versetzt, die normalerweise Anfängern vorbehalten waren, und an Orte, an die niemand wollte. Als Beamter unkündbar, wurde er in Positionen gebracht, die ihn entmutigen sollten. Doch Aurel hatte ganz und gar nicht die Absicht, seine Karriere zu beenden. Diejenigen allerdings, die ihn in ihrem Team ertragen mussten, durchlebten depressive Phasen, denn dieser Neuzugang war eine Strafe für jedes betroffene Konsulat.

Erfahrene Diplomaten verstanden es, die Klippe zu umschiffen. Der Personalabteilung blieben nur zwei Möglichkeiten, Aurel unterzubringen: seine Akte in eine große Zahl von Neueinstellungen zu schmuggeln, wie es bei sehr großen Botschaften üblich ist, oder sie einem Berufsanfänger unterzujubeln. Letzteres war in Mosambik der Fall. Aurels neuer Vorgesetzter, Didier Mortereau, war ein junger Generalkonsul, der gerade erst sein Studium abgeschlossen hatte und zu kurz in diesem Beruf war, als dass er bereits von Aurel Timescu gehört haben könnte. Er war unvorsichtig genug, die Nominierung dieses kleinen Stellvertreters zu akzeptieren, dessen Äußeres sowohl an das Österreichisch-Ungarische Kaiserreich als auch an die Sowjetunion erinnerte, der Opern komponierte und abends auf seinem alten Klavier sein gesamtes Pianobar-Repertoire zum Besten gab.

Als Aurel Mortereau zum ersten Mal traf, hatte er den Eindruck, alles würde problemlos und wie gewünscht verlaufen. Dieser Grünschnabel hatte nicht das Zeug dazu, es mit jemandem aufzunehmen, der fest zum Nichtstun entschlossen war. Da hatte er sich schon gegen wesentlich zähere Vorgesetzte durchgesetzt ... Doch leider musste er schon bald feststellen, dass er sich geirrt hatte.

Die Tragödie der Jugend ist, dass sie an die Menschlichkeit glaubt. Und Mortereau noch mehr als andere in seinem Alter. Als Kind eines Lehrerehepaars in Sens aufgewachsen, hatte der kleine Didier schon mit der Muttermilch einen von Humanität geprägten Marxismus aufgesogen. Er war stark von Rousseaus Idealen beeinflusst, jenem Autor, dem er seine Abschlussarbeit in moderner Literatur gewidmet hatte. Als er – zu spät, um ihn noch ablehnen zu können – Kenntnis von Aurels Personalakte nahm, machte Mortereau menschliche Boshaftigkeit für die chaotische Laufbahn seines armen rumänischen Stellvertreters verantwortlich. Ihm würde es gelingen, diesem Entwurzelten, der vermutlich vom Leben gezeichnet war, wieder Selbstvertrauen zu schenken und das Beste aus ihm herauszuholen. Also fasste er den Entschluss, ihn zu retten.

Als der Generalkonsul dies gegenüber Aurel ausführte, stieß jener kleine Dankesrufe aus und schien kurz davor zu sein, seinem Chef die Hände zu küssen. Doch innerlich war er in großer Sorge: Er würde viel Geduld benötigen, um diesen jungen Idealisten zu entmutigen, und er würde recht unangenehme Situationen durchleben müssen, ohne sich dabei vom Mitleid hinreißen zu lassen.

Sechs Monate lang ließ Aurel absichtlich alle Aufgaben,

die Mortereau ihm anvertraute, im Nichts versanden. Eine solch methodische Sabotage war harte Arbeit. Er musste dafür sorgen, die Schuld stets jemand anderem in die Schuhe zu schieben, um mögliche Disziplinarmaßnahmen zu vermeiden. Aber Aurel wusste, dass dies der Preis für seine künftige Ruhe war.

Doch kein Misserfolg schien Mortereau entmutigen zu können. Seine Nachsicht war grenzenlos. Nach jeder Katastrophe glaubte Aurel, nun wäre das Maß voll, und der Leiter der Konsularabteilung hätte es begriffen. Er rechnete mit einem Wutausbruch, Drohungen oder Sanktionen – mit Maßnahmen, die seit Jahren an seinem gestärkten Hemd abprallten, jedoch zu einem Bruch zwischen ihm und Mortereau geführt hätten. Aber nichts! Mortereau fand jedes Mal geduldig Entschuldigungen für seinen bedauernswerten Stellvertreter und gab ihm eine neue Chance.

Sechs Monate ging es so, das war nicht auszuhalten. Und dann kam Béliots Tod.

Als Aurel an diesem Tag das Konsulat betrat, ahnte er noch nichts. Er hatte die ganze Nacht lang getrunken und sich eine Reihe rumänischer Filme angeschaut, die seine Schwester ihm im Diplomatengepäck hatte zukommen lassen.

Mortereau hatte ihn gleich nach seinem Eintreffen einbestellt. Aurel nahm an, es sei, um ihn wegen seiner letzten Provokation zur Rede zu stellen: Er hatte in einem heiklen Fall der Familienzusammenführung absichtlich Verwirrung gestiftet. Der Cousin des Justizministers, der in Frankreich lebte, hatte in Roissy angebliche Verwandte abgeholt. In Wahrheit handelte es sich nur um eine Namensgleichheit.

Aber darum ging es nicht.

»Sagen Sie, Aurel, Sie haben doch sicher Béliot, den Hotelier der Residenz dos Camarões, gekannt?«

»Gekannt ist etwas übertrieben ...«

»Wenn ich mich nicht irre, haben Sie bei Ihrer Ankunft dort gewohnt?«

»In der Tat habe ich zwei Wochen in diesem Hotel verbracht. Aber er war damals krank.«

»Und jetzt ist er tot.«

»Das wundert mich nicht. Er war bei schlechter Gesundheit. Er hat den Bogen ein wenig überspannt, wie man so schön sagt.«

»Er ist aber nicht an seinen Krankheiten gestorben.«

»An was dann?«

»Er ist ermordet worden. Man hat ihn in den frühen Morgenstunden ertrunken in seinem Pool gefunden.«

»Vermutlich ist er hineingefallen ...«

»Das hat man zunächst angenommen. Aber es ist unmöglich.«

»Warum?«

»An seinen Handgelenken sind Fesselspuren und am Hals mehrere blaue Flecke zu sehen. An den Füßen hat man sogar Brandwunden entdeckt. Als wäre er gefoltert worden.«

Aurel horchte auf.

»Wann ist das passiert?«

»Offenbar vor zwei Tagen. Aber wir haben es nicht gleich erfahren. Das Konsulat wurde erst verständigt, als die Mosambikaner seine Frau verhaftet haben.«

»Seine Frau? Welche?«

»Die Französin. Sie ist auch die Mutter zweier seiner Kinder. Kennen Sie sie?«

»Vom Sehen. Sie wohnte im Hotel, aber ich hatte den Eindruck, dass sie es nicht verlassen durfte. Eines Tages kam sie zu mir, als ich meinen Kaffee trank. Sie fing an, über dieses und jenes zu sprechen. Sie fragte mich, ob ich Afrika mag, und ich sah mich gezwungen, ihr zu sagen, dass dies nicht der Fall ist.«

»Das war unvorsichtig, Aurel. Sie sind immerhin Konsul.«

»Vielleicht unvorsichtig, aber zutreffend. Ich ertrage die Hitze nicht. Sonst habe ich nichts gegen die Afrikaner ...«

»Wie auch immer!«

»Jedenfalls schien sie das nicht zu schockieren.«

»Was hat sie sonst noch gesagt?«

»Ich hatte den Eindruck, dass sie unbedingt etwas sagen wollte. Aber sie schielte immer wieder zur Bürotür. Plötzlich sah eine der Bedienungen hinaus und entdeckte uns. Daraufhin hat sich ›Madame Béliot‹ – ich weiß nicht recht, wie ich sie nennen soll – überstürzt verabschiedet.«

Mortereau überlegte. Er sah aus wie ein Kind: Große Kulleraugen, pausbäckiges Gesicht, gerötete Wangen, so als hätte ihm die Lehrerin soeben ein paar Ohrfeigen versetzt. Das schien ihm irgendwie bewusst zu sein, denn er versuchte, eine gewichtige Miene aufzusetzen.

»Wie auch immer, jetzt sitzt sie im Gefängnis. Als französische Staatsbürgerin hat sie Anspruch auf konsularischen Beistand. Wir müssen ihr einen offiziellen Besuch abstatten.«

Plötzlich erinnerte sich Aurel an all seine Sabotageakte der letzten Wochen und hoffte, dass Mortereau noch etwas von seiner Barmherzigkeit geblieben war. Denn diese Aufgabe wollte er unbedingt übernehmen. Ein Mord, ein Rätsel, eine verworrene Angelegenheit, die blutig ausgegangen war – das war das Einzige, was ihn noch mit Leidenschaft erfüllte. Vor allem, wenn er, wie im vorliegenden Fall, Zweifel und Ungerechtigkeit witterte ... Um nichts in der Welt wollte er sich diese Aufgabe entgehen lassen.

»Ich kenne den Gefängnisdirektor«, erklärte er hastig.

Und sogleich bedauerte er diese Lüge, als er begriff, dass sie unnötig war.

»Umso besser, denn ich wollte Sie gerade bitten, dieser Frau so bald wie möglich einen Besuch abzustatten.«

»Gleich heute!«, rief Aurel und sprang auf. »Auf der Stelle, sofort! Ich gehe hin, ich eile, ich bin schon da!«

Würdevoll knöpfte er sein Doppelreiherjackett zu und eilte zur Tür.

Der junge Mortereau kratzte sich am Kopf. Musste er einen erneuten Sabotageakt befürchten, oder erwies sich sein Glaube an die Menschlichkeit endlich als gerechtfertigt? Die Hoffnung überwog, und er lächelte.

II

Das Gefängnis von Maputo lag nicht weit von der französischen Botschaft entfernt, und so beschloss Aurel, zu Fuß zu gehen. Er hatte versucht, vorher die Zentrale anzurufen, um seinen Besuch anzukündigen, aber die Nummer war gestört. Er hoffte, dass sich die Tore mit seinem Diplomatenpass öffnen würden.

Bei seiner Ankunft in Maputo war Aurel vom Charme der Metropole angenehm überrascht worden. In seiner Erinnerung waren die afrikanischen Städte so chaotisch und staubig, dass man sich quasi nur in einem Wagen fortbewegen konnte. In dem Teil der mosambikanischen Hauptstadt, in dem sich die französische Botschaft und die meisten offiziellen Gebäude befanden, hatten die Portugiesen hingegen breite Straßen angelegt. Sie waren von echten, baumbestandenen Bürgersteigen mit schwarz-weißen Pflastersteinen gesäumt, die zum Spazierengehen einluden.

Nach dem Ende der kommunistischen Episode war das Land reich geworden. Die Nähe zu Südafrika machte es zu einem idealen Urlaubsziel für die reichen Bürger von Johannesburg. Jetzt sah man auf den Straßen große japanische und deutsche Wagen mit getönten Scheiben. Zahlreiche Häuser wurden restauriert und überall neue errichtet. Am Meer entlang bot die Avenida da Marginal Blick auf luxuriöse Gärten und prunkvolle Villen. Für Aurel, der meist zu Fuß ging und gerne durch Städte lief, boten sich so angenehme Spazierwege. Das Einzige, was ihn störte, waren die Straßennamen. Seit der Unabhängigkeit waren die meisten von ihnen nach berühmten Persönlichkeiten des Kommunismus benannt worden. Alle waren vertreten – von Karl Marx über Lenin, Engels und Lumumba bis hin zu Ho Chi Minh. Der Einzige, auf den Aurel bei seinen Spaziergängen zu treffen fürchtete, war Ceauşescu, doch anscheinend hatte das »Genie der Karpaten« in Maputo nicht einmal Anrecht auf eine Sackgasse.

Die Menschen auf den Bürgersteigen interessierten sich kaum für Aurel. Selbst wenn sie seinen Aufzug bemerkten, ließen sie sich nichts anmerken – ausgenommen, wie überall, die Kinder. Sie liefen ihm nach, lachten und schnitten Grimassen.

Doch als sie an diesem Tag sahen, dass er sich auf das Eisentor der Haftanstalt zubewegte, wichen sie zurück und beobachteten die Szene ängstlich. Das Zentralgefängnis von Maputo hatte einen schlechten Ruf. Zwar besitzen Gefängnisse nur selten einen guten Ruf, aber dieses hier war besonders unheilvoll. Es war sowohl während der Kolonialzeit als auch während der folgenden marxistischen Diktatur zu oft Schauplatz von willkürlichen Verhaftungen und dem Verschwinden Verdächtiger gewesen. Vor zehn Jahren war es renoviert worden und somit weniger marode, aber noch immer genauso furchterregend.

In dem Bereich, den man als »gemeines Recht« bezeichnete, wimmelte es von Straßenräubern und anderen Kleinkriminellen. Unzählige Familien brachten ihnen Essen. Es roch nach gegrilltem Fisch und Waschpulver. Durch die afrikanische Gabe, alle öffentlichen Orte, seien es Krankenhäuser, Kasernen oder Gefängnisse, in ein Buschdorf zu verwandeln, herrschte in diesem, vorwiegend von jungen Schwarzen bevölkerten Teil der Strafanstalt eine erstaunliche Lebensfreude. Diese Fröhlichkeit erinnerte Aurel an seine eigene Jugend: Als Heranwachsender war er wegen regimekritischer Äußerungen mehrmals in Bukarest inhaftiert gewesen. In der Tristesse der kommunistischen Kerker hatte er eine ähnliche Lebensfreude entdeckt. Dabei unterschied sich von außen gesehen alles – die Temperatur, die Ausstattung, die strengen Gefängniswärter Ceauşescus ... Und doch war die Atmosphäre ähnlich. Die Häftlinge empfanden keine Schuld, weil es für alle offensichtlich war, dass nicht sie selbst schuld waren, sondern das System. Eine fröhliche Bruderschaft vermittelte jedem den Eindruck, dass die anderen geschlossen für ihn einstehen würden. Die träge Passivität war nichts anderes als das Spiegelbild einer durch den Polizeistaat infantilisierten Gesellschaft, die abgeschaltet hatte und nicht die geringste Anstrengung für das Gemeinwohl unternahm.

Ein anderer Teil des Gefängnisses von Maputo war prominenten Persönlichkeiten vorbehalten und trug den Namen »Weißes Haus«. Der Ausdruck war umso treffender, als dort vor allem Ausländer, zumeist Weiße, inhaftiert waren. Hier war die Stimmung bedrückend. Auch wenn es mehr Komfort gab, spürte man, dass der Aufenthalt beschwerlicher war als in der Sektion »gemeines Recht«.

Aurel war schon zweimal hier gewesen, um einen anderen französischen Häftling zu treffen. Der Mann war um die sechzig und wegen eines unklaren Betrugsfalls und Diamantenschmuggels verurteilt. Aurel war nur widerwillig hergekommen und hatte so wenig Eifer bei der Übergabe der Post für den Häftling an den Tag gelegt, dass sich der Gefangene bei der Botschaft über ihn beschwert und darum gebeten hatte, von jemand anderem betreut zu werden.

Immerhin erinnerten sich die Wärter durch diese Besuche an ihn. Sie öffneten ihm die Gitter problemlos. Heute bestand das Team aus einem sehr kleinen Mann mit faltigem Gesicht, der aus dem Süden stammte, und einem großen Schwarzen aus Beira, mit dem sich Aurel die letzten Male lange unterhalten hatte. Der Sohn besagten Isidores hatte Schwierigkeiten mit seinem Schengen-Visum, und Aurel hatte vage versprochen, ihm zu helfen. Vermutlich erinnerte sich Isidore daran, denn er führte den Konsul äußerst beflissen in einen Raum, der als Besucherzimmer diente. Es roch nach feuchter Erde. Der blaue Putz an den Wänden war auf einer dicken Lehmschicht aufgetragen und bröckelte stellenweise ab. Auf Sichthöhe war er mit Graffitis bedeckt. Das Mobiliar bestand aus zwei Stahlrohrstühlen. Isidore nutzte die Gelegenheit für einen Small Talk.

»Wissen Sie, Sie haben Glück, Herr Konsul, dass Sie mich antreffen.«

»Ach ja? Weshalb?«

»Ab morgen arbeite ich nachts.«

Eigentlich interessierte sich Aurel nicht sonderlich für die Arbeitszeiten des Wärters. Aber er brachte es nicht fertig, unhöflich zu sein, wenn ihm jemand so respektvoll begegnete.

»Haben Sie es sich so ausgesucht?«

»Im Leben nicht! Die Nachtschicht gefällt mir ganz und gar nicht. Dann ist man meist allein. Und die Zeit zieht sich. Tagsüber arbeitet man zu zweit und hat einen Kollegen, mit dem man reden kann.«

Und schon brachte der Kollege die Gefangene. Er schob sie ohne besondere Rücksicht in den Raum und nahm ihr die Handschellen ab. Dann verließen die beiden Wärter das Zimmer und warteten draußen.

Aurel hatte Madame Béliot als sportliche Frau mit kurz geschnittenem Haar und großen blauen Augen in Erinnerung. Wenn er sie durch den Hotelgarten gehen sah, trug sie meistens helle Leinenkleider und über der Schulter eine Sporttasche oder einen Tennisschläger. Im hinteren Teil des Parks nahm sie ausgedehnte Sonnenbäder, und Aurel war darauf bedacht, indiskrete Blicke zu vermeiden. Dabei hatte er sich gefragt, ob sie sich diesen Platz vor seinem Fenster nicht ausgesucht hatte, um seine Aufmerksamkeit zu erregen. Dieser Gedanke hatte ihn mit Schrecken erfüllt und zu erhöhter Diskretion angetrieben.

Die Frau, die er jetzt im Besucherraum vor sich hatte, unterschied sich vollständig von der, an die er sich zu erinnern glaubte. Dabei handelte es sich um dieselbe Person. Doch jetzt war ihr Haar zerzaust und schmutzig, das Gesicht eingefallen und von tiefen Falten durchzogen. Vermutlich war Schlafmangel die Ursache dafür, aber auch die vielen Tränen, die dunkle Schatten unter den Augen, geschwollene Lider und Salzspuren auf ihren Wangen zurückgelassen hatten.

Als sie Aurel sah, stieß sie einen unterdrückten Schrei aus und warf sich in seine Arme. Das war ihm äußerst unangenehm. Sie presste sich gegen den rauen Tweedstoff seines Mantels, als würde sie dort Schutz suchen.

»Holen Sie mich hier raus, Monsieur le Consul, bitte!«

Panisch klammerte sie sich an Aurels Mantelkragen und zog ihn an sich. Er spürte, wie ihre Haare sein Kinn streiften. Auf dem Gipfel seines Unbehagens warf er verzweifelte Blicke zur Tür und sah durch die Scheibe, dass die Wärter ihn beobachteten. Isidore schien etwas verlegen, aber der Kleine aus dem Süden zeigte seinen ausgestreckten Daumen, als wolle er Aurel ermutigen. Diese Vulgarität stieß ihn ab und führte dazu, dass er die noch immer schluchzende Frau bei den

Schultern nahm, sie von sich schob und so energisch schüttelte, wie es ihm möglich war.

»Beruhigen Sie sich, Madame. Ich bin als Vertreter Frankreichs hier.«

Es fiel Aurel stets schwer, solche Sätze zu sagen, denn sein rumänischer Akzent war nicht zu überhören und vermittelte ihm ein Gefühl von Illegitimität.

»Ich bin hier, um Ihnen zu helfen«, berichtigte er sich. »Ich werde alles in meiner Macht Stehende tun, um Sie herauszuholen. Dafür verbürge ich mich.«

Sie sah ihn durch ihren Tränenschleier hindurch an.

»Schwören Sie es?«

In dieser Frage schwang Angst mit, aber auch eine Spur von Verführung.

»Ich schwöre es.«

Kurz befürchtete Aurel, sie könnte ihn küssen, so nah war ihr Gesicht mit den leicht geöffneten Lippen vor seinem. Um einen solchen Zwischenfall zu verhindern, wand er sich brüsk ab, sodass er neben ihr stand. Dann ergriff er ihren linken Arm und führte sie zu einem der Stühle.

»Jetzt setzen Sie sich bitte und erklären Sie mir alles.«

»Ich habe ihn nicht getötet«, sagte sie, während sie ihm folgte.

Und ganz so, als würde diese Vorstellung die Wut wiederbeleben, die sie sicher seit ihrer Verhaftung nährte, richtete sie sich auf und schrie in Richtung der Wärter, deren Köpfe noch immer durch die Scheibe zu sehen waren.

»Hört ihr das? Ich habe ihn nicht getötet. Dieses Luder hat mich angezeigt. Sie kennt den ehemaligen Polizeichef. Sie stammen aus demselben Dorf, und sicher hat sie auch mit ihm geschlafen.«

»Ich verstehe kein Wort. Von wem sprechen Sie?«

»Von seiner Frau.«

»Aber *Sie* sind doch seine Frau ...«

»Von der anderen.«

Der plötzliche Zorn hatte die Züge der Gefangenen verhärtet. Ihre Augen weiteten sich, und sie richtete sich auf. Aurel dachte, dass ihr diese Entrüstung gut stand. Sie verlieh ihrem Gesicht etwas Feuriges, etwas Jugendliches, das ihr der Schmerz nicht hatte nehmen können und das ihm bei ihrer ersten Begegnung im Hotel nicht aufgefallen war.

»Beruhigen Sie sich. Versuchen Sie, mir alles der Reihe nach zu erklären.«

Er hatte ihre Hand berührt, und sie schien sich erneut seiner Anwesenheit bewusst zu werden. Sie fasste sich wieder. Und ihr Feuer erlosch.

»Da müsste ich sehr weit zurückgehen ...«

»Wir haben ein wenig Zeit.«

Sie wischte sich mit dem Handrücken über die Augen und begann, mit monotoner Stimme zu berichten, ohne den Blick vom Boden zu heben.

»Roger und ich haben vor zweiunddreißig Jahren geheiratet. Können Sie sich das vorstellen? Am 1. Juli 1982 ...«

Aurel versuchte, daraus Schlüsse auf ihr Alter zu ziehen, und war überrascht.

»Ich war damals zwanzig«, erklärte sie, ganz so, als hätte sie seine Gedanken erraten.

»Und er?«

»Neununddreißig«, antwortete sie und blieb nachdenklich.

»War es seine erste Ehe?«

»Das scheint seltsam, nicht wahr? Aber ja, er war vorher nie verheiratet gewesen. Er hatte viele Frauen. Das zumindest glaube ich. Das war sein Ruf. Umso stolzer war ich, dass er mich heiratete.«

Die Erinnerung an die weit zurückliegende Zeit schien sie zu beruhigen. Sie lächelte verträumt. Vermutlich stiegen Bilder vor ihrem geistigen Auge auf, die sie an ein vergangenes Glück erinnerten.

»Wissen Sie, er sah damals sehr gut aus. Groß, kräftig, sportlich. Manchmal hatte sein Blick einen harten Ausdruck, und es war unglaublich aufregend, hinter seinen langsamen Gesten und seiner augenscheinlichen Sanftheit, diesen Willen, ja fast eine Art Gewalttätigkeit zu spüren.«

»Gewalttätigkeit gegen wen?«, unterbrach Aurel sie, dem diese weiblichen Vertraulichkeiten Unbehagen verursachten und der lieber zu konkreten Details übergehen wollte.

»Ich meine seine Gewalttätigkeit in geschäftlichen Angelegenheiten. Auch gegenüber den Afrikanern, aber das habe ich erst später erfahren. Dazu muss man sagen, dass wir uns in Europa kennengelernt haben.«

»Wo hat er damals gearbeitet?«

»In Nordafrika. Aber einmal im Jahr kam er seine Eltern in Beaune besuchen.«

»Und da haben Sie sich kennengelernt?«

Sie überhörte die Frage und blickte ins Leere.

»Meine Familie hat einen bekannten Namen, wissen Sie«, sagte sie verträumt.

Aurel war so überstürzt aufgebrochen, dass er sich nicht einmal Zeit genommen hatte, in die konsularische Akte zu schauen, die Mortereau ihm gegeben hatte.

»Ich bin eine Pernand-Vergelesses. Mein Mädchenname ist Françoise Pernand-Vergelesses.«

Für Aurel war der Vorname, durch den sie ihm vertraut wurde, die wichtigste Information. »Françoise«, wiederholte er innerlich, aber er sagte nichts und konzentrierte sich auf ihren Familiennamen.

»Das ist ein Grand-Cru-Wein aus dem Bordeaux, nicht wahr?«
»Richtig. Leider haben meine Urgroßeltern das Familienanwesen verkauft. Heute haben wir weder ein Château noch Weinberge, nur den Namen und Erinnerungen. Eine meiner Cousinen aus einem jüngeren Zweig hat einen sehr reichen Weinbauern geheiratet, dessen Familienname aber gutbürgerlich ist. Im Sommer lud sie die verarmten Cousinen und Cousins ein, um ihrem Anwesen etwas Glanz zu verleihen. Roger war ein Freund ihres Mannes. Dort habe ich ihn kennengelernt. Drei Monate später waren wir verheiratet.«

»Aus Liebe?«

»Ich war schwanger, wenn Sie das meinen. Aber ich war tatsächlich aus Liebe schwanger. Und unsere Liebe war gegenseitig, da bin ich mir ganz sicher.«

Aurel nickte höflich.

»Und dann?«

»Dann habe ich in Frankreich meine Tochter zur Welt gebracht und bin mit ihr zu Roger in den Niger gezogen. Er baute damals ein großes Stadion in Niamey. Wir hatten ein schönes Haus oberhalb des Flusses, und zum ersten Mal in meinem Leben hatte ich Personal. Ein Kindermädchen, das Jacqueline hieß, wenn ich mich recht erinnere ...«

Ganz offensichtlich hatte sie den Wunsch, in diesen glücklichen Erinnerungen zu schwelgen. Aurel, der die Wärter hinter der Scheibe gähnen sah, befürchtete, sie könnten der Unterredung ein baldiges Ende setzen.

»Versuchen Sie bitte, sich etwas kürzer zu fassen. Wir reden später noch einmal darüber. Wir müssen uns auf das Hier und Jetzt konzentrieren.«

»Sie haben recht«, stimmte sie zu.

Sie sah sich um, und ein böses Leuchten flammte in ihren Augen auf.

»Ich muss hier raus.«

»Geben Sie mir nur ein paar Anhaltspunkte. Haben Sie noch weitere Kinder? Sind Sie Ihrem Mann überallhin gefolgt?«

»Wir haben zwei Kinder. Meine Tochter ist die Ältere. Drei Jahre später kam unser Sohn Tristan zur Welt. Sie sind jetzt zweiunddreißig und neunundzwanzig Jahre alt. Und sie wohnen in Europa. Meine Tochter Aude ist verheiratet und lebt in London. Mein Sohn arbeitet in einem Pariser Vorort.«

»Standen sie ihrem Vater nahe?«

»Er hat sie nicht großgezogen.«

Aurel verlieh seiner Verwunderung Ausdruck.

»Da ich mich kurzfassen soll, würde ich sagen, dass sich die Dinge schnell verschlechtert haben, eigentlich gleich nach Tristans Geburt. Damals wohnten wir im Tschad. Nach außen hin war es ein Traumleben. Roger war die Nummer zwei eines großen Bauunternehmens. Vor Ort war er ein bedeutender Mann, verhandelte mit Ministern und namhaften Bankiers.«

»Und was hat nicht gestimmt? War er untreu?«

Aurel musste jetzt zu den Fakten kommen, war aber bei der Frage errötet. Liebe war für ihn in einem idealen Bereich angesiedelt, und es war fast ein Sakrileg, sie mit Sex in Verbindung zu bringen.

»Roger ist den Frauen nie nachgelaufen. Aber er zog sie an und gab ihnen schließlich nach. Für ihn waren sie nur ein Attribut seiner Macht. Und die Macht, das war sein Ding. In einem Ausmaß, das ich mir nicht vorstellen konnte.«

»Wie äußerte sich das?«

Françoise hatte die Hände in den Schoß gelegt. Sie betrachtete sie und Aurel ebenfalls. Es waren kantige, sehr gepflegte Hände. Die Ringe, die man ihr vermutlich bei ihrer Festnahme abgenommen hatte, hatten weiße Streifen auf ihrer gebräunten Haut hinterlassen. Diese Hände hatten etwas

Schamloses. Sie zeugten von Sinnlichkeit und Koketterie, von fleischlicher Begierde, und zugleich schienen sie Spuren körperlicher Arbeit zu tragen. Das Leben hatte ihre Berufung durchkreuzt und ihnen grausame Schmähungen zugefügt.

Aurel wurde nervös, als er den Blick hob und bemerkte, dass Françoise ihn ansah – ganz so, als wäre er indiskreter Zeuge einer peinlichen Szene geworden.

»Aber ich muss es wiederholen: Roger war machtbesessen. Er wollte alles im großen Stil. Man brauchte nur seinen Führungsstil zu beobachten. Er erteilte Heerscharen von Typen in Shorts Befehle, die überall herumliefen. Er liebte Lastwagenkolonnen, Kräne inmitten der Wüste, riesige Betontransporter. Ich glaube, er hielt sich für eine Art Pharao. Wären die Männer unter ihren Lasten zusammengebrochen, hätte man die Peitschenhiebe auf ihre Sklavenschultern knallen hören können, wenn man all das mit Blut hätte aufbauen müssen, dann ... dann hätte es ihm noch größere Freude bereitet. Und doch war all das die gute Seite, die, die mir zunächst gefallen hat.«

»Gab es noch eine andere?«

»Eben nicht. Das galt für alles. Wenn er nach Hause kam, erteilte er weiter Befehle, empfing Politiker, hielt ständig Sitzungen ab. Wir hatten keine Privatsphäre.«

»Haben Sie nicht versucht, mit ihm darüber zu sprechen?«

»Natürlich haben wir geredet. Ich habe ihm gesagt, dass es so nicht geht, aber er war nicht imstande, sich zu ändern. Er war von tiefem Ehrgeiz beseelt und verfolgte seinen Traum.«

»Aber er hatte Erfolg?«

»Er hatte Erfolg, allerdings in seinen Augen nie genug, also beging er am Ende immer eine Dummheit und verdarb damit alles.«

»Wollen Sie damit sagen, dass er hinausgeworfen wurde?«

»Das ist schwer zu erklären, und es ist auch nicht wichtig. Es ging mir nicht gut mit ihm, das ist alles. Belassen wir es dabei. Nach fünf Jahren habe ich ihn schließlich verlassen.«

»Verlassen? Sie meinen, Sie sind nach Frankreich zurückgekehrt?«

»Ja. Mit den Kindern.«

»Wie hat er darauf reagiert?«

»Er war sehr verständnisvoll.«

»Hat er Sie finanziell unterstützt?«

»Mehr oder weniger. Oft gab er vor, sich in einer schwierigen Lage zu befinden. Das war nicht so leicht zu überprüfen. Ich war weit entfernt, und außerdem war ich diejenige, die gegangen war. Ich war die Schuldige. Tatsache ist, dass ich allein zurechtkommen musste. Manchmal dachte ich, ich würde es nicht schaffen ...«

Aurel überlegte. Natürlich waren Geständnisse von jemandem, der Mitleid erregen wollte, mit Vorsicht zu genießen. Die Geschichte dieser Frau mit Béliot schien nicht ganz klar und nicht vollständig zu sein. Aber zumindest in einem Punkt glaubte er ihr: Sie lebte seit über zwanzig Jahren nicht mehr mit ihm zusammen.

»Inzwischen leben Sie schon so lange in Frankreich ...«

»Sie wollen wissen, warum ich jetzt wieder hier bin?«

»Ja.«

»Ehrlich gesagt, bin ich vor knapp sechs Monaten in der Residenz dos Camarões angekommen. Kurz vor Ihnen.«

Sie lächelte, als sie Aurels erstauntes Gesicht sah.

»Da Sie es mich ohnehin fragen werden, sage ich es Ihnen lieber gleich: Ich war gekommen, um den Kampf mit ihm aufzunehmen.«

III

Aurel bedauerte, die Zeit nicht ausreichend genutzt zu haben. Ein gedämpfter Klingelton vibrierte wie eine nervige Fliege durch die Korridore des Gefängnisses und ließ die Wärter unruhig werden. Ihm blieben nur noch wenige Minuten, um die Inhaftierte zu befragen.

»Wir werden gleich unterbrochen. Ich versuche, morgen wiederzukommen. Sie haben mir noch nicht von der Nacht berichtet, in der Béliot ermordet wurde. Warum werden Sie beschuldigt? Erzählen Sie mir so viel wie möglich.«

Françoise richtete sich auf und warf einen finsteren Blick zur Tür hinüber.

»Sie werden Ihnen doch nicht etwa verbieten, mit mir zu sprechen! Schließlich habe ich Anspruch auf konsularischen Schutz.«

Innerhalb eines Augenblicks veränderte sich ihre Miene. Anmut und Müdigkeit verschwanden, übrig blieb die Energie einer Frau, die es gewohnt war, ihre Haut zu verteidigen, selbst für winzige Errungenschaften unnachgiebig zu kämpfen. Aurel fand sie in dieser Rolle bewundernswert, aber auch angsteinflößend und zu allem fähig. Der Gedanke, dass sie schuldig sein könnte, der ihm angesichts dieser verletzlichen und gebrochenen Frau eben noch so unpassend erschienen war, wirkte plötzlich gar nicht mehr so abwegig.

»Die Wärter haben ihre Dienstpläne«, bemerkte er leise. »Und die gelten natürlich auch für Diplomaten ...«

Sie wandte sich zu ihm, lächelte wieder bescheiden und nahm erneut ihre niedergeschlagene Haltung ein, als versuche sie, eilig die Waffe zu verbergen, die sie kurz hatte erahnen lassen.

»Bevor ich auf die Nacht des Verbrechens zu sprechen komme, muss ich unsere Situation schildern.«

»Mir scheint, die habe ich verstanden: Sie sind geschieden.«

»Nein, eben nicht. Nicht vollständig.«

»Was soll das bedeuten? Ist das Verfahren noch nicht abgeschlossen?«

»Nun ja, nach zehnjähriger Trennung habe ich in Frankreich die Scheidung erwirkt. Mein Mann hat auf keine der gerichtlichen Vorladungen reagiert. Er hat die Angelegenheit in die Länge gezogen. Ich glaube, es kam ihm ganz gelegen, irgendwo eine rechtmäßige Ehefrau zu haben. So war er vor allen Frauen sicher, die ihn an die Kette legen wollten. Jedenfalls wurde das Urteil in Abwesenheit ausgesprochen. Ich bekam natürlich das Sorgerecht für die Kinder.«

»Hatten sie keinen Kontakt zu ihrem Vater?«

»Als sie achtzehn waren, wollten sie ihn treffen. Aber sie hatten sich nichts zu sagen. Danach kamen sie ohne ihn aus. Aber das ist nicht das Wichtigste.«

Aurel machte ihr ein Zeichen, wie um zu sagen: Wir werden sehen.

Françoise fuhr hastig fort.

»Bei der Scheidung wurden die vermögensrechtlichen Fragen in Frankreich geklärt. Aber als Roger dieses Grundstück in Maputo kaufte und darauf das erste Haus baute, waren wir noch verheiratet.«

»Dieser Besitz wurde also bei der Scheidung aufgeteilt?«

»Nein, eben nicht. Oder besser gesagt, nur im Sinne des französischen Rechts, und das sah dieses Grundstück als Eigentum meines Mannes an. Nach mosambikanischem Recht ist es aber noch immer mein Miteigentum.«

»Sind Sie sich da sicher?«

»Ich habe lange nicht daran gedacht. Ich hatte andere Sorgen, denn ich kämpfte ums Überleben. Aber vor fünf Jahren hatte ich den Tiefpunkt erreicht. Zunächst gravierende gesundheitliche Probleme: Brustkrebs, Operation, Chemotherapie, das ganze Programm. Ich hatte einen unsicheren Job als Pharmavertreterin. Als ich dann krank wurde, hatte ich kein Einkommen mehr. Hinzu kam noch ein Autounfall. Ich war schlecht versichert. Die Kinder studierten und brauchten viel Geld. Zu allem Überfluss hatten sich Hausbesetzer in einem kleinen Appartement eingenistet, das ich durch die Vermietung abbezahlte. Alles in allem, die totale Katastrophe. Ich weiß nicht, ob Sie sich das überhaupt vorstellen können?«

Sie hatte es einfach so dahingesagt. Aber als sie zu Aurel aufblickte und sein faltenzerfurchtes Gesicht sah, seine Glatze und seinen Dackelblick, bedauerte sie ihre Frage.

»Wie auch immer! All das geschah im letzten Herbst. Ich dachte daran, Roger zu schreiben und ihn um Hilfe zu bitten. Ich muss zugeben, dass er mir in der Vergangenheit schon oft geholfen hatte. Aber dieses Mal benötigte ich mehr als eine einmalige Unterstützung. Ich brauchte viel mehr, und ich wusste, dass er niemals zustimmen würde. Wochenlang dachte ich über dieses Problem nach. Ich recherchierte im Internet und sah, dass er auf dem Grundstück ein Hotel gebaut hatte. Und da kam mir die Idee. Ich sagte mir, dass es vielleicht eine Möglichkeit gab, all diese Ungerechtigkeiten des Lebens zu korrigieren, verstehen Sie? Ich konsultierte einen Anwalt.«

»Einen französischen?«

»Zunächst ja. Aber dann hat er mich an einen Kollegen hier in Maputo verwiesen. Den habe ich angerufen, damit er sich den Fall genauer ansieht. Er kam juristisch zu folgendem Schluss: Die Hälfte des Anwesens gehört immer noch mir.«

»Die Hälfte des Grundstücks oder des Hotels?«

»Von allem.«

Die Wärter hatten die Tür geöffnet, und Isidore trat mit bedauernder Miene ein.

»Wir haben wirklich lange gewartet, Monsieur le Consul. Aber jetzt, wirklich ...«

»Wir sind gleich fertig«, sagte Aurel hastig. »Geben Sie uns nur noch zwei Minuten.«

Und an Françoise gewandt:

»Und wie haben Sie Ihrem Mann Ihre Absicht mitgeteilt, ihn vor Gericht zu bringen?«

»Ich habe ihm gar nichts gesagt. Ich habe mir von einer Cousine den Betrag für ein günstiges Flugticket geliehen, bin nach Mosambik gekommen und zum Hotel gefahren. Das ist alles.«

Der kleine Wärter trat vor und griff nach ihrer Hand.

»Die Zeit ist um, Madame. Zurück in die Zelle.«

»Hören Sie, Monsieur le Consul, es gibt noch vieles, was Sie wissen sollten.«

Sie schrie beinahe, während der Wärter sie zur Tür zog.

»Als sie erfuhr, dass ich Klage einreichen wollte, bekam es das andere Luder mit der Angst zu tun. Sie kennt den ehemaligen Polizeichef. Sie haben die ganze Sache inszeniert, um mich auszuschalten.«

Sie streckte die Hand aus und bekam Aurel am Ärmel zu fassen.

»Kommen Sie heute Nachmittag wieder«, rief sie. »Lassen

Sie mich hier nicht verrotten. Ich will nicht zurück in dieses stinkende Loch. Wenn ich nur daran denke, wird mir übel. Schwören Sie mir, dass Sie zurückkommen?«

Aurel schwor bereitwillig, denn er wusste inzwischen genug, um hinter dem Verbrechen ein verborgenes Geheimnis, vielleicht eine Ungerechtigkeit zu wittern. Die einzigen Dinge auf der Welt, die ihn noch zu begeistern vermochten.

#

Um schneller zurück in die Botschaft zu gelangen, nahm er ein Taxi. Es handelte sich um einen Renault R9, dessen hintere Türen mit elastischen Spanngurten geschlossen gehalten wurden.

Der Fahrer betrachtete ihn durch einen riesigen Rückspiegel, der mit Stechpalmengirlanden aus Plastik dekoriert war. Ein Aufkleber mit dem Bildnis der Jungfrau Maria kaschierte einen großen Sprung in der Windschutzscheibe.

»Ist Ihnen so nicht zu heiß?«

»Nein«, entgegnete Aurel würdevoll.

Der Fahrer kicherte. Ein kurzer Blick hinüber zu seinem Mitfahrer ließ ihn wieder ernst werden. Er schüttelte den Kopf.

Aurel, der finster dreinblickte, dachte angestrengt nach.

Die große Herausforderung bestand für ihn darin – wie bei allen Posten, in denen er mit ähnlichen Situationen konfrontiert gewesen war –, seine Vorgesetzten dazu zu bringen, ihn die Ermittlungen durchführen zu lassen. Denn eine solche Forderung widersprach der Tatsache, dass er jede andere Tätigkeit kategorisch ablehnte. Er musste ihnen klarmachen, dass er für die Lösung eines Falls – und nur dafür – gewillt war, Tag und Nacht zu arbeiten.

Man hielt ihm jedes Mal vor, dass es Menschen gab, deren Beruf es sei, solche Ermittlungen durchzuführen: zunächst die örtliche Polizei und gegebenenfalls der Attaché für innere Sicherheitsangelegenheiten, der der Botschaft von der französischen Polizei zugeteilt war. Ein Konsularangestellter wie Aurel hatte damit rein gar nichts zu tun. So war er in der Regel gezwungen, eine List anzuwenden, um seine Nachforschungen fortsetzen zu können.

Nach seiner Rückkehr aus dem Gefängnis ließ er sich bei Mortereau anmelden und legte sich alle möglichen Argumente zurecht, um sich – wenn schon nicht seine Zustimmung – so doch zumindest seine Unterstützung zu sichern. Zunächst wollte er ihn darauf hinweisen, dass in diesem portugiesischsprachigen Land die französische Botschaft nicht so stark besetzt war wie in den ehemaligen französischen Kolonien. Es gab keine Abteilung für polizeiliche Zusammenarbeit. Also würde er mit eigenen Nachforschungen nicht die Zuständigkeiten anderer verletzen.

Das nachfolgende Gespräch sollte ihm zeigen, dass diese Argumentation gar nicht vonnöten war.

Kaum hatte er Mortereaus Büro betreten, ließ sich dieser von seinem Besuch im Gefängnis berichten. Je länger Aurel seine Begegnung mit Françoise beschrieb, desto mehr hellte sich die Miene des Generalkonsuls auf. So hatte er seinen Mitarbeiter noch nie gesehen. Aurel, der mit nach vorne geneigtem Oberkörper auf der Sesselkante saß, wurde beim Sprechen immer lebhafter und gestikulierte wild. Von diesem Enthusiasmus war sein junger Vorgesetzter sichtlich hingerissen. Endlich erwies sich seine Intuition als richtig! Für jemanden, der an das Gute im Menschen glaubt, ist es ein großer Erfolg, einen so einhellig verurteilten Charakter wie Aurel zu retten. In Mortereaus Augen spielte es dabei keine Rolle, dass die Aufmerksamkeit seines Stellvertreters nicht auf rein konsularische Fragen gerichtet war. Wichtig war, dass es überhaupt etwas gab, für das er sich interessierte.

»Alles in allem sind Sie der Ansicht, dass diese Frau zu Unrecht beschuldigt wird?«

»Das kann ich nicht mit Sicherheit sagen, Monsieur le Consul Général. Ich finde, dass es in dieser Geschichte einige Ungereimtheiten gibt. Béliots Beziehung zu seiner Ex-Frau war vielschichtig, und ich verstehe sie noch nicht ganz. Aber eines ist sicher: Es ist zu einfach, diese Französin schuldig zu sprechen, ohne weitere Nachforschungen anzustellen.«

»Was haben Sie vor?«

»Ich muss noch einmal mit ihr reden.«

Mortereau lehnte sich in seinem Sessel zurück. An der Wand hinter ihm diente ein ziemlich hässlicher, schwarzweißer Wandbehang als Kopfstütze. Deutlich war darauf der Abdruck seiner verschwitzten Haare in Form eines unappetitlichen beigefarbenen Heiligenscheins zu sehen.

»Das wird nicht leicht werden«, gab er zu bedenken. »Die konsularischen Feststellungen nehmen normalerweise nicht so viel Zeit in Anspruch. Der Gefängnisdirektor könnte es verdächtig finden, wenn Sie wiederkommen.«

»Ich weiß. Deshalb habe ich auch nicht vor, heute Nachmittag dorthin zurückzukehren. Vielleicht morgen?«

Der Leiter der Konsularabteilung kaute auf seinem Bleistift.

»Selbst morgen wird Ihre Beharrlichkeit merkwürdig wirken.«

Er sah auf die Uhr.

»Dreizehn Uhr dreißig!«, rief er und sprang auf. »Ich muss gehen. Meine Frau erwartet mich zum Mittagessen.«

Er steckte sich das Hemd wieder in die Hose, klappte seinen Laptop zu und verstaute sein Handy in der Hosentasche.

Dann sah er Aurel an und äußerte etwas, das vermutlich ein spontaner Einfall war.

»Am frühen Nachmittag habe ich einen Termin. Wir treffen uns hier um siebzehn Uhr und gehen zusammen zum Gefängnis. Wenn ich dabei bin, wirkt es natürlicher.«

#

Aurel war ziemlich ratlos. Einerseits erleichterte ihm Mortereaus Unterstützung die Aufgabe. Andererseits verdarb sie ihm ein wenig den Spaß an der Sache. Was er an dieser Art von verdeckten Ermittlungen liebte, war gerade die Heimlichtuerei, das Versteckspiel, die Einsamkeit des Jägers. Er fragte sich, wie es wohl wäre, zwar nicht im Rudel, aber zumindest in Gesellschaft vorzugehen. Doch er hatte keine Wahl. Und so schlimm musste es ja gar nicht kommen. Es könnte sein, dass der Generalkonsul sich zurückhalten und ihm das Feld überlassen würde, nachdem er ihm in die Steigbügel geholfen hatte. Er hatte schließlich Wichtigeres zu tun.

Doch was sollte er bis siebzehn Uhr tun? Er konnte sich nicht entscheiden und blieb schließlich in seinem Büro am Computer sitzen, während er ein Sandwich aß. Ausnahmsweise hatte er ein richtiges Büro. Bei den meisten seiner früheren Posten hatten sein seltsames Benehmen und seine negative Einstellung dazu geführt, dass man ihm ein Kabuff zugewiesen hatte. Doch Mortereau hatte nicht zu einer solchen Maßnahme greifen wollen. Er hatte ihm sogar ein ziemlich schönes Büro zugeteilt, ein sehr begehrtes und geräumiges Zimmer mit Blick auf den großen Parkplatz eines Supermarkts. Sobald Aurel eingetreten war, schloss er die Tür hinter sich ab, zog seinen Mantel, sein Jackett und seine Schuhe aus. Aus einem kleinen Kühlschrank nahm er eine Tafel Schokolade und begann, daran zu knabbern, während er auf dem Parkplatz eine mosambikanische Familie beobachtete, die einen vollen Einkaufswagen vor sich herschob.

Er dachte an Françoise, die nach zwanzigjähriger Trennung in Maputo gelandet und bei ihrem Mann eingezogen war, um ihren Anspruch auf die Hälfte seines Besitzes geltend zu machen. Eine wirklich außergewöhnliche Frau. Béliot schien kein umgänglicher Typ gewesen zu sein, aber trotz des Gebrülls und der Beleidigungen, mit denen er das Personal traktierte, war er vielleicht doch nicht in der Lage gewesen, es mit ihr aufzunehmen. Im Übrigen hatte er sie widerstandslos bei sich einziehen lassen. Das war schon sehr verwunderlich.

Aurel knüllte das Schokoladenpapier zusammen und warf es in den Abfalleimer. Die Hände im Nacken verschränkt, streckte er sich. Er hatte Lust auf ein Glas gut gekühlten Weißwein, wenn möglich einen ungarischen Tokajer. Ihm war noch heißer als sonst. Womöglich hatte er ein wenig Fieber. Er hätte die Klimaanlage einschalten können, aber er benutzte sie nie, denn innerhalb weniger Minuten wurde der Raum zu einem Eisschrank. Afrika war für ihn gleichbedeutend mit ständigen Nasennebenhöhlenentzündungen wegen der permanenten Temperaturschwankungen. Er zupfte an den Bändern seiner Fliege und ließ dann beide Enden auf den Kragen fallen.

Er nickte kurz ein, richtete sich aber plötzlich wieder auf und öffnete die Augen.

Bartolomeo!

Ihm war gerade eine Idee gekommen. Seltsam, dass Mortereau nicht selbst daran gedacht hatte. Dabei war es der Generalkonsul selbst gewesen, der Aurel kurz nach seiner Ankunft Maître Bartolomeo Cavalcanti vorgestellt hatte. Er war der Rechtsanwalt des Konsulats und franko-mosambikanischer

Herkunft. Mortereau schwor auf ihn und konsultierte ihn bei jeder Gelegenheit. Mit über sechzig konnte der Jurist, der in Frankreich studiert hatte, auf eine über fünfundzwanzigjährige Karriere in Maputo zurückblicken. Er war eine Art lebendes Gedächtnis der Hauptstadt.

Aurel griff zum Telefon und wählte die Nummer der Kanzlei. Bartolomeo nahm selbst ab. Er sprach mit vollem Mund und klang schlecht gelaunt.

»Ja?«

»Maître Bartolomeo? Hier ist Aurel Timescu.«

Es trat ein Moment der Stille ein, in dem der Rechtsanwalt seinen Bissen mühsam hinunterschluckte.

»Aurrrel Timeschschschku«, wiederholte er, wobei er den schwerfälligen rumänischen Akzent nachahmte. »Was fürrr eine Ährrre!«

Maître Bartolomeo war ein dicker, aufgeblasener Mann, der gerne mit seiner Bildung und seinen Beziehungen prahlte. Doch wenn man bereit war, über diese kleinen Schwächen hinwegzusehen, erwies er sich als humorvoll und herzlich. Er war zehn Jahre mit einer Russin verheiratet gewesen, die aber das Klima nicht vertragen und ihn schließlich verlassen hatte, um in ihre heimatlichen Steppen zurückzukehren. Bartolomeo behielt seine Ehe in recht guter und seine Scheidung in noch besserer Erinnerung. Aus jener Zeit hatte er sich eine seltsame Sympathie für alles bewahrt, was aus Osteuropa kam, wobei er gedankenlos Bulgarien und Russland, Rumänien und Polen in einen Topf warf. Aurel gehörte in seinen Augen zu diesem großen Ganzen, für das ausgedehnte Wälder, frostige Temperaturen und unausstehliche Frauen typisch waren.

»Lieber, lieber Aurel! Stellen Sie sich vor, erst gestern habe ich mit dem Gesundheitsminister über Sie gesprochen. Er kam gerade von einer Reise in Ihr Land zurück. Na ja, Ihr altes Land. Ich meine die Slowakei.«

»Ich bin Rumäne.«

»Wie auch immer. Jetzt sind Sie ja Frrranzose! Ha! Ha! Was kann ich für Sie tun?«

»Nun, Maître. Ich habe mich gefragt, ob Sie Roger Béliot kannten.«

Der Tonfall des Rechtsanwalts wurde sofort merklich kühler.

»Der arme Roger Béliot. Traurig, sein Tod, nicht wahr? Man muss sagen, die Umstände passen recht gut zu seiner Persönlichkeit. Was möchten Sie wissen?«

»Wir, der Generalkonsul und meine Wenigkeit, kümmern uns um seine Frau. Und da sie französische Staatsangehörige ist, sind wir verpflichtet ...«

»Seine Frau, eine Französin? Aber sie ist doch Mosambikanerin durch und durch!«

»Ich spreche von seiner ersten Frau.«

»Ach ja, richtig. Es gibt ja noch die andere. Die davor. Verzeihen Sie, aber es ist schon so lange her, dass sie verschwunden ist. Ich bin es nicht gewohnt, sie mitzuzählen.«

»Aber sie ist doch diejenige, die beschuldigt wird.«

»Das wusste ich nicht. Ich war in den letzten Tagen unterwegs und bin erst gestern zurückgekommen.«

»Nun, sie sitzt im Gefängnis. Man verdächtigt sie des Mordes an ihrem Ex-Mann.«

»Bei solchen Leuten ist alles möglich.«

»Sie scheinen kein besonders gutes Verhältnis zum Verstorbenen gehabt zu haben ...«

Bartolomeo nahm einen großen Schluck, zweifellos direkt aus der Flasche, denn Aurel hörte, wie er ein Aufstoßen unterdrückte.

»Zum Verstorbenen? Das stimmt, Friede seiner Seele! Da Sie mich schon fragen, möchte ich Ihnen sagen, dass wir uns vor rund zehn Jahren in einem Prozess wegen mangelhafter Ausführung gegenüberstanden. Ich war der Anwalt des Bauherrn, und Béliot hat verloren. Er hat mir das nie verziehen. Aber was wollen Sie eigentlich wissen?«

»In erster Linie konsularische Informationen«, sagte Aurel eilig, da er einen Hauch von Misstrauen in der Frage vernommen hatte. »Zunächst, hat er noch mal geheiratet?«

»Wie gesagt, diese Mosambikanerin. Fatoumata Béliot ist die Tochter eines Stammesfürsten aus dem Norden des Landes. Ein mächtiger Mann. Sie sind Muslime, die aus Tansania stammen. In Zeiten wie diesen und in diesem katholischen Land ist es wichtig, das zu erwähnen. Aber diese Muslime stehen der Macht nahe.«

»Wie alt ist sie?«

»Fatoumata? Mitte vierzig. Na gut, fünfzig, wenn Sie es genau wissen wollen. Aber sagen Sie es ihr bloß nicht!«

»Lebt sie in Maputo?«

»Sie hat ein Haus in der Oberstadt, dem schicken Viertel. Aber sie hält sich oft auf dem Anwesen ihres Vaters, im Norden der Hauptstadt auf.«

»Heißt das, dass Béliot und sie nicht mehr zusammenleben?«

Der Rechtsanwalt nieste, schnäuzte sich lautstark und entschuldigte sich kurz, um ein Fenster zu schließen. Er behauptete, sehr empfindlich auf Zugluft zu reagieren und oft erkältet zu sein – und das in einem Land, in dem es meist über dreißig Grad im Schatten hatte.

»Eines sollten Sie wissen, Aurel. Béliot war ein schrecklicher Kerl. Ich weiß nicht, was die Frauen an ihm fanden. Sicherlich war jede Menge Geld im Spiel. Jedenfalls blieb Fatoumata so lange bei ihm, bis er sie heiratete und schwängerte. Danach ging jeder seiner Wege.«

»Sie haben ein gemeinsames Kind?«

»Einen Jungen. Er ist inzwischen ungefähr fünfzehn Jahre alt. Wenn Sie im Hotel vorbeigeschaut haben, müssten Sie ihn eigentlich gesehen haben. Er ist vor zwei Monaten aus Genf zurückgekehrt, um bei seinem Vater zu arbeiten.«

»Sollte er das Hotel übernehmen?«

»Seiner Mutter war sehr daran gelegen. Sie hatte Béliot gebeten, das gesamte Anwesen durch Schenkung auf ihren Sohn zu überschreiben. Ich weiß das, weil der Notar, der die Urkunde aufsetzte, mich um meine Meinung in einer Rechtsfrage gebeten hatte.«

»Und wo ist die Schenkungsurkunde? Glauben Sie, Béliot hat sie dem Jungen oder seiner Mutter gegeben?«

»Das weiß ich nicht. Der Notar hat mir nicht alles erzählt.«

»Entschuldigen Sie, wenn ich Sie dazu nötige, Ihre Schweigepflicht zu verletzen, aber ... haben Sie vielleicht von einer Klage seiner ersten Frau gehört, die das Grundstück, auf dem das Hotel gebaut wurde, für sich beansprucht?«

»Nein, dieser Fall ist nicht über meine Kanzlei gelaufen. Ich hätte ihr gesagt, dass sie nicht die geringste Chance hat. Die Justiz hier ist – wie soll ich sagen? – nicht unempfindlich, was die Person der Rechtssuchenden angeht. Eine Französin, die Mosambikaner verklagt ... nun ja, sie geht ein großes Risiko ein.«

»Aber es handelt sich dabei doch um ihren Ehemann, also um einen Franzosen ...«

»Nur, dass dieser mit einer Afrikanerin verheiratet ist, mit der er einen Sohn hat.«

»Ich verstehe.«

Aurel verstand tatsächlich jedes Wort und die Tragweite

dessen, was der Anwalt ihm sagte. Was er nicht verstand, war, was diese Tatsachen mit dem Mord an Béliot zu tun haben könnten.

»Ganz ehrlich, Maître, glauben Sie, dass die Rückkehr dieser Französin und ihre Klage der Grund für eine Inszenierung sein könnte, um sie zu kompromittieren, wie sie behauptet?«

»Das weiß ich wirklich nicht. Ich kann Ihnen nur sagen, wenn sie die Mosambikaner gestört hat, hätten sie nicht etwas so Abartiges aushecken müssen, um sie loszuwerden.«

»Es sei denn, sie wollten zwei Fliegen mit einer Klappe schlagen und sich auch noch Béliot vom Hals schaffen.«

Bartolomeo lachte laut auf.

»Bei Ihnen in Polen spielt man Schach, mein lieber Aurel. Die Leute hier sind nicht so kompliziert.«

»Sind Sie sich da sicher?«

Der Anwalt dachte einen Moment lang nach.

»Nein, Sie haben recht. Sie sind kompliziert. Aber auf andere Weise.«

IV

Das Telefonat mit Maître Bartolomeo hatte keine dreißig Minuten gedauert. So blieb Aurel noch eine gute halbe Stunde bis zu seinem Termin mit dem Generalkonsul. Er verspürte Lust auf Musik, doch bis zu seiner Wohnung war es zu weit. Also spielte er eine Sonate von Schostakowitsch auf der Kante seines Schreibtischs, als Trockenübung. Solche Beschäftigungen hatten ihm auf all seinen Posten den Ruf eines Verrückten eingebracht. Glücklicherweise konnte er in Maputo seiner Leidenschaft unbeobachtet in seinem Büro frönen – merci, Monsieur le Consul Général.

Das war natürlich nicht so erquicklich, wie auf seinem alten Klavier zu spielen, das ihn überallhin begleitete. Doch durch die Bewegung seiner Finger auf dem Holz hörte er die Töne. Und während sein altes verstimmtes Klavier Klänge hervorbrachte, die eher an ein Varieté erinnerten, waren diejenigen, die seinem Geist entsprangen, rein, richtig und so wohlklingend, als würden sie auf einem Steinway-Konzertflügel gespielt. Diese Übung war seines Großvaters mütterlicherseits würdig, seines Zeichens kabbalistischer Rabbiner, der stets mit erhobenem Zeigefinger verkündet hatte: »Die Materie ist Geist.« Aurel hatte den Sinn dieses Satzes erst durch die Macht seiner Finger begriffen, die über das Holz glitten und eine Melodie in ihm erklingen ließen.

Seine Vorliebe für Kriminalfälle war in mehrerlei Hinsicht zu erklären. Zum einen liebte er Gerechtigkeit. Kein Kampf schien ihm so erhaben wie die Überführung eines Schuldigen und, als deren Konsequenz, die Rehabilitierung eines Unschuldigen. Und in dem Fall, der ihn jetzt beschäftigte, witterte er Ungerechtigkeit. Ohne sich wirklich sicher sein zu können, war Aurel davon überzeugt, dass die inhaftierte Frau die Wahrheit sagte. Was auch immer ihre Untugenden, Fehler und vielleicht sogar Verbrechen sein mochten, in seinen Augen hatte sie den Mord an Béliot nicht begangen.

An diesem Punkt seiner Überlegungen kamen ihm wieder die Kabbala und der Ausspruch seines Großvaters – »Die Materie ist Geist« – in den Sinn. Im Zentrum jeder Ermittlung stand für Aurel ein langsamer Umwandlungsprozess: Zunächst musste man die *Materie* des Verbrechens analysieren, die Motive, die Orte, den Zeitpunkt, um dann bis zum *Geist* vorzudringen – sowohl zu dem des Opfers als auch zu dem des Täters. Und davon war er im vorliegenden Fall weit entfernt. Man hatte den alten Mann tot in seinem Swimmingpool gefunden, nachdem er zuvor geschlagen und gefesselt worden war. Er war umgeben von Begehrlichkeiten und Hass. Wie sollte Aurel bloß herausfinden, was letztlich zu diesem Mord geführt hatte?

Dieser Gedanke machte ihn so nervös, dass er einige falsche Töne auf seiner Schreibtischkante spielte, die unangenehm in seinen Ohren widerhallten. Mit einer abrupten Handbewegung tat er so, als würde er den Klavierdeckel schließen, zog an seinen Fingergelenken, bis sie knackten, und sah, dass es an der Zeit war, zum Generalkonsul hinabzugehen.

Mortereau stand am Fenster und hantierte überdrüssig mit einem Stapel Unterschriftenmappen. Er hatte die Angewohnheit, sich mit der Hand das Haar zurückzustreichen. Dadurch bildete sich auf seinem Kopf eine kleine Tolle, die ihn an *Tintin* erinnern ließ.

»Ich bin gleich bei Ihnen, Aurel.«

Er beendete seine Aufräumarbeiten, ordnete Telegramme, unterschrieb fahrig Briefe.

»Ich habe den Gefängnisdirektor angerufen. Und ich habe Sie etwas angeschwärzt. Sie nehmen es mir hoffentlich nicht übel. Ich habe behauptet, Sie hätten nicht die nötige Erfahrung für einen solch schwerwiegenden Fall. Und da die Angelegenheit eben auch heikel sei, müsse ich selbst mit der Inhaftierten sprechen. Das hat er verstanden, und er erwartet uns.«

Mangelnde Erfahrung! Diplome können wirklich dumm machen ... Selbst wenn Aurel sich nichts anmerken ließ, war er tief getroffen. Er liebte Frankreich zweifellos, jenes Land, das ihn im wahrsten Sinne des Wortes gekauft und Ceaușescus Klauen entrissen hatte. Aber er hatte sich nie dazu durchringen können, sich jenem Auswahlverfahren zu unterwerfen, das einem im Alter von zwanzig Jahren lebenslange Vorteile sicherte, die Menschen in ein Kastensystem einteilte und Dummköpfe wie Mortereau für immer schützte.

Er quetschte sich auf die Rückbank des Dienstwagens. Der junge Generalkonsul gefiel sich in seiner Schutzhülle aus grauem Velours – für die Lederversion müsste er noch einige Stufen aufsteigen – und genoss seinen Erfolg. Er siezte seinen Chauffeur, einen alten Mosambikaner, der nichts zu hören schien und schon ganz andere überlebt hatte.

»Beim Mittagessen habe ich mit meiner Frau über diesen Fall gesprochen. Kennen Sie meine Frau, Aurel? Nein? Dann muss ich sie Ihnen unbedingt vorstellen.«

Mortereau war unter den Auswanderern wegen seiner Frau, die einem indigenen Volk der Karibik angehörte, wohlbekannt. Sie litt unter einem Kaufzwang. Unermüdlich graste sie die Geschäfte der Hauptstadt ab und bestellte sämtliche Sonderangebote in großen Mengen. So hamsterte sie etwa fünfzig Tuben Zahnpasta, zweihundert Flaschen Shampoo, dreißig Kilo Rindfleisch. Die große Frage war, was sie damit anstellte.

»Wissen Sie, dass sie in Nanterre Psychologie studiert hat? Nun, sie hat mir gesagt, dass man dieser Françoise Béliot nicht trauen kann. Sie hat sie ein- oder zweimal getroffen und glaubt nicht ein Wort von dem, was diese Frau Ihnen erzählt hat.«

Wie schön! Er würde nicht nur Mortereau ertragen müssen, sondern auch die Meinung seiner Experten-Gattin. Aurel spürte, dass ihm dieser Fall, so sehr er ihn interessierte, auch zuwider werden könnte.

Der Empfang im Gefängnis unterschied sich von dem am Morgen. Aurel konnte ermessen, was Autorität bedeutete. Es war nicht mehr nötig, an die Pforte zu klopfen oder auf die Hilfsbereitschaft der Wärter zu hoffen. Einer von ihnen lief vor dem Gebäude auf und ab und erwartete sie bereits. Er öffnete die rechte hintere Autotür, und der Generalkonsul stieg aus wie ein Staatschef auf dem Weg zu einem bedeutsamen Gipfeltreffen. Aurel, der seine Wagentür selbst öffnen musste, trottete hinter ihm her.

Die beiden Diplomaten wurden über einen langen Gang zum Büro des Gefängnisdirektors geführt. Der Raum war hellblau gestrichen, und die Wand zierte ein Porträt des mosambikanischen Präsidenten. Der leicht beschädigte Rahmen ließ erahnen, dass er häufig geöffnet worden war, um das Foto den Regimewechseln entsprechend auszutauschen. Übrigens hatten viele Politiker vor oder nach ihrer Machtübernahme im Gefängnis einsitzen müssen, sodass der Direktor, nachdem er ihr Porträt bewundert hatte, auch persönlich Bekanntschaft mit ihnen schließen konnte.

In einer Zimmerecke lief ein an einem Teleskoparm befestigter Fernseher. Der Ton war leise gestellt, aber man hörte den Applaus und das Gelächter einer Spielshow.

»Bitte nehmen Sie Platz, Monsieur le Consul Général«, erklärte der Direktor.

Er ignorierte Aurel, der sich trotzdem setzte.

»Sie wollen Madame Béliot besuchen. Eine schlimme Sache. Und diese Dame ist sehr schwierig.«

Der Direktor schien die Akte zu konsultieren, die vor ihm auf dem Schreibtisch lag.

»Wissen Sie, dass sie gestern einen unserer Wärter geohrfeigt hat?«

»Sie müssen sie verstehen, Monsieur le Directeur, sie behauptet, unschuldig zu sein.«

»Unser Wärter ist ebenfalls unschuldig. Diese Frau muss sich beruhigen. Sagen sie ihr das. Ansonsten müssen wir sie, auch wenn sie Französin ist, einer Spezialbehandlung unterziehen. Das heißt, Hofgänge und Besuche sind untersagt.«

»Ich werde mein Möglichstes tun, um sie zur Vernunft zu bringen.«

Der Beamte schien hoch erfreut, dass ein französischer Diplomat vor ihm katzbuckelte. Und Mortereau tappte natürlich in die Falle! Aurel war außer sich vor Wut. Die Wärter sind überall auf der Welt gleich. Das bisschen Macht, über das sie verfügen ...

»Darf ich Sie fragen, cher Directeur«, fuhr der Generalkonsul honigsüß fort, »wie es in juristischer Hinsicht aussieht?«

»Offiziell ist sie des vorsätzlichen Mordes und Raubes angeklagt.«

»Raub?«

Mortereau und Aurel sahen sich an. Davon hatten sie bislang nichts gewusst.

»Das Opfer hatte offenbar einen kleinen Safe im Zimmer. Er war aufgebrochen und leer geräumt. Ich erzähle Ihnen nur, was die Staatsanwälte mir gesagt haben. Ich bin nicht für die Akte zuständig.«

Sein Ton sagte eindeutig: »Und Sie, soweit ich weiß, auch nicht.«

»Ich denke, wenn Sie mehr erfahren wollen, wird Ihnen ihr Anwalt Auskunft geben können.«

»Das werden wir mit ihr besprechen.«

»Dann möchte ich Sie nicht länger aufhalten. Wenn das Abendessen serviert wird, müssen alle Besucher das Gebäude verlassen. So lautet die Vorschrift.«

Ein Freudentaumel im Fernsehen verhieß, dass jemand den Jackpot geknackt hatte.

#

Als der Direktor den Generalkonsul und seinen Stellvertreter ins Besucherzimmer führte, erwartete Françoise Béliot sie bereits. Die Inhaftierte sprang auf und sah Aurel lächelnd an. Dann musterte sie Mortereau streng.

»Ich lasse Sie allein«, erklärte der Gefängnisdirektor und ging.

»Wer ist das?«

Françoise hatte sich an Aurel gewandt und mit einer Kopfbewegung auf den Generalkonsul gedeutet. Obwohl die Frage nicht an ihn gerichtet war, antwortete dieser selbst.

»Darf ich mich vorstellen? Didier Mortereau, Chef der Konsularabteilung der französischen Botschaft von Mosambik. Monsieur Timescu, den Sie bereits kennen, ist mein Stellvertreter.«

Aurel machte ihr ein kleines verschwörerisches Zeichen,

so als wolle er sagen: Machen Sie bloß keinen Skandal. Sie verstand und nahm wieder Platz, um auf die Fragen zu warten.

»Wir haben nur wenig Zeit, Madame«, fuhr Mortereau fort. »Mein Mitarbeiter hat mir berichtet, was Sie ihm heute Morgen erzählt haben.«

Mit einer weiteren Grimasse brachte Aurel zum Ausdruck: Lassen Sie ihn reden. Françoise Béliot lächelte, denn er war sehr komisch in seiner Rolle als Pantomime.

»Machen wir da weiter, wo Sie aufgehört haben. Was ist geschehen, als Sie vor einigen Monaten in Maputo angekommen sind? Hatten Sie Ihren Mann, ich meine Monsieur Béliot, über ihren Besuch informiert?«

Die Inhaftierte überlegte kurz und richtete den Blick auf Aurel, als sie zu sprechen begann.

»Nein, ich habe ihm vorher nichts gesagt. Als ich an einem Nachmittag mit meinem Koffer vom Flughafen kam, habe ich bei ihm geklingelt.«

»War er da?«

»Er saß auf seinem Stammplatz, im Sessel vor dem Pool. Ich denke, er war schon beim dritten oder vierten Scotch.«

»Und dann?«, fragte Mortereau, dem es nicht gelang, seine Neugier zu verbergen.

Einen Moment lang fürchtete Aurel, diese Ungeduld könne die Stimmung negativ beeinflussen. Aber Françoise hatte beschlossen zu reden, und sie wandte sich an ihn, ohne die Zwischenrufe des jungen Generalkonsuls weiter zu beachten.

»Zunächst hielt er mich für einen Gast und machte den Mädchen ein Zeichen, dass sie sich um mich kümmern sollten. Dann erkannte er mich plötzlich, und seine Gesichtszüge verhärteten sich vor Wut. Er wollte aufstehen, stolperte aber und konnte sich gerade noch an der Armlehne des Sessels festhalten. Es war seltsam, ich erkannte alle Anzeichen für einen seiner Wutausbrüche, die ich so fürchtete. Aber diesmal hatte ich keine Angst.«

»Er hätte Sie hinauswerfen lassen können«, bemerkte Mortereau.

»Zeit war vergangen, und die Situation hatte sich verändert. Er war schwach geworden, ich hingegen fühlte mich nun stark.«

Aurel sah sie durchdringend an. Er suchte nach der Schwachstelle, einem falschen Ausdruck, dem Gesicht der Lüge. Aber alles klang völlig aufrichtig.

»Ich nahm ihm gegenüber Platz, neben dem Tisch stand eine Bedienung mit meinem Gepäck. Ich wies sie an, es in mein Zimmer zu bringen. Es folgte ein Moment der Unschlüssigkeit. Ich sah Roger direkt in die Augen. Er versuchte, meinem Blick standzuhalten. Schließlich wandte er sich ab und sagte dem Mädchen: ›Bring die Koffer in die Zwölf.‹ Ich hatte gewonnen.«

Zu dieser Abendstunde herrschte vor dem Gefängnis reger Betrieb. Im Dämmerlicht, das den Raum erfüllte, hörte man das Gehupe und Motorheulen von draußen. Die Hitze ließ ein wenig nach.

Françoise schien sich zum ersten Mal der Anwesenheit Mortereaus bewusst zu werden.

»Haben Sie Roger Béliot gekannt?«, fragte sie den Generalkonsul direkt.

»Nein, ich bin ihm nie begegnet.«

Sie nickte.

»Da haben Sie etwas verpasst. Er war ein Charakter.«

Aurel, dem bewusst war, dass die Zeit verstrich, lenkte das Gespräch wieder in die richtige Richtung.

»Wann haben Sie ihm von Ihren Geldproblemen erzählt?«

»Ich habe ihm gar nichts von meinen Geldproblemen erzählt. Ich wollte mich nicht noch mehr erniedrigen. Ich war gekommen, um mein Anrecht auf das Grundstück und das Hotel geltend zu machen. Das war alles. Und ich habe es ihm gleich am nächsten Tag gesagt.«

»Wie hat er es aufgenommen?«

»Es war bei einer Art Abendessen. Er hatte mich nicht wirklich eingeladen. Ich wurde an einem Tisch in der Nähe des Pools bedient, und er saß da und trank seinen Whisky. Ich nahm meinen Teller, mein Besteck und mein Glas und setzte mich auf den Stuhl ihm gegenüber. Er machte eine Bewegung, als wolle er die Flucht ergreifen, aber ich hielt ihn zurück, indem ich ihn beim Arm fasste. Die Tatsache, dass ich ihn berührte, schien ihn zu bewegen. Er setzte sich wieder und sagte: ›Ich höre.‹«

»Ahnte er, was Sie ihm sagen wollten?«

»Ich glaube nicht. Im Grunde wusste er, dass es eine Schwachstelle in seiner Vermögensplanung gab. Aber das ist wie bei Kriminellen, verstehen Sie? Sie glauben, dass ihnen nach so vielen Jahren nichts mehr passieren kann.«

»Hatte er keine Rechtfertigung vorbereitet?«

»Er hatte gar nichts vorbereitet. Meine Argumentation war unwiderlegbar. Ich habe ihm erklärt, was er bereits wusste.«

»Und Sie haben Bedingungen gestellt?«, mischte sich Mortereau ein, der sehr aufgeregt war, während Aurel und Françoise wie Schachspieler erschienen, die die Ruhe wahrten.

»Natürlich. Ich habe gesagt: ›Ich will die Hälfte dieses Grundstücks.‹ Vormittags hatte ich Zeit genug gehabt, mir alles anzusehen. Ich zog eine imaginäre Linie, die vom Schwimmbad bis zur Außenmauer führte. Und ich erklärte: ›Diese Hälfte und alles, was sich darauf befindet, gehört mir.‹«

»Da muss er ganz schön dumm dreingeschaut haben!«

»Da ich großzügig bin, überließ ich ihm die Hälfte, auf der sich unser altes Haus und der Pool befindet.«

»Sie beanspruchten trotzdem die Hälfte des Hotels!«, beharrte Mortereau.

»Er reagierte würdevoll und sagte, ich solle Klage einreichen. Und ich antwortete ihm, dies sei genau meine Absicht, die Klageschrift würde dem Gericht im Laufe der Woche vorliegen.«

Aurel wollte keine Zeit mit unnötigen Informationen verlieren.

»Wussten Sie, dass er wieder geheiratet hatte?«, wollte er wissen.

»Die Kinder hatten es mir gesagt. Aber bei ihm geht so was schnell. Und ich wusste nicht, dass er schon wieder von seiner Mosambikanerin getrennt war und jetzt eine andere, ganz junge hatte. Sie ist neunzehn, und er kennt sie, seit sie dreizehn ist. Können Sie sich das vorstellen? Das arme Mädchen! Dreizehn Jahre!«

»Aber er ist doch nicht mit ihr verheiratet?«, erkundigte sich der Generalkonsul, der Mühe hatte, der Angelegenheit zu folgen.

»Nein, weil er nicht von der anderen geschieden ist. Aber Lucrecia erwartet ein Kind.«

»Von ihm?«

Diesmal war Aurel erstaunt. Er hatte Béliot zwar nur aus der Ferne gesehen, aber das Ausmaß seiner Gebrechlichkeit war ihm nicht entgangen.

»Dieses Schwein stopfte sich mit Viagra voll. Das hat sie mir selbst erzählt. Ich habe ausführlich mit ihr gesprochen, ein nettes Mädchen, aber ehrlich gesagt nicht besonders energisch und völlig unterwürfig. Das Alter hat Roger in dieser Hinsicht nicht ruhiger gemacht, zu ihrem Bedauern. Als ich von seinem Tod hörte, habe ich sofort daran gedacht. Bei seinen Herzproblemen ...«

Mortereau stieg die Schamröte ins Gesicht. Eilig brachte er das Gespräch wieder auf juristische Fragen.

»Das Hotel und das Grundstück gehören vermutlich zur Hälfte der Frau, von der er zwar getrennt, aber nicht geschieden ist.«

»Nein, sie hatten eine Gütertrennung vereinbart, der Ehevertrag wurde hier in Mosambik geschlossen.«

»Woher wissen Sie das?«

»Stellen Sie sich vor, ich habe mich erkundigt, ehe ich hergekommen bin. Ich hatte immer noch ein gutes Verhältnis zu dem Notar, der sich um unsere Geschäfte gekümmert hat. Ein älterer Herr. Er mochte mich gerne und schickte mir stets Neujahrsgrüße. Er ist letztes Jahr gestorben.«

»Seine jetzige Frau hat also keinen Anspruch auf das Grundstück. Warum glauben Sie dann, dass sie ihn getötet hat und versucht, Ihnen die Schuld zuzuschieben?«

»Weil sie einen Sohn mit ihm hat, der nach seinem Tod das Vermögen erbt. Roger hatte ein Testament zu seinen Gunsten gemacht. Auch das habe ich von dem Notar erfahren. Indem sie ihn töten ließ und mir dann die Schuld in die Schuhe schob, hätte sie zwei Fliegen mit einer Klappe geschlagen. Durch ihren Sohn bekommt sie das Hotel und entledigt sich meiner Klage.«

»Außer, dass niemand dieses Testament je zu Gesicht bekommen hat ...«

»Sie werden schon sehen, irgendwann wird sie es hervorzaubern.«

Ihre entschiedene Art beeindruckte die beiden Männer. Mortereau war kurz davor, ihr Glauben zu schenken. Doch Aurel dämpfte seinen Enthusiasmus.

»Sie sprechen hier von Tatmotiven. Aber welche Beweismittel haben Sie? Angenommen, Sie hätten recht, wie ist es dann Ihrer Meinung nach geschehen? Was haben Sie konkret in der Hand, um diese Frau zu beschuldigen?«

»Und was beweist meine Unschuld? Ist das Ihre Frage? Nun, gar nichts. Ich bin mir dessen sicher, was ich behaupte, aber ich kann es nicht beweisen. Um das zu tun, müsste ich auf freiem Fuß sein, aber sie halten mich hier gefangen. Meine Situation ist äußerst kritisch, und darum brauche ich Ihre Hilfe.«

In diesem Moment zeigte Mortereau eine Reaktion, die Aurel zutiefst verwunderte und ihm zugleich neue Hoffnung gab, allein vorgehen zu können.

»Leider«, sagte der Generalkonsul und errötete erneut, »sind wir nicht von der Polizei.«

Das Gespräch war bisher so wenig konsularisch abgelaufen, dass seine plötzlichen Bedenken albern erschienen. Françoise ging nicht einmal darauf ein. Es war offensichtlich, dass sie sich wenig um die Zuständigkeiten scherte. Sie gab sich nicht mit der Frage ab, ob ihr Fall eher in den konsularischen Bereich oder in den des Attachés für innere Sicherheitsangelegenheiten fiel, den es sowieso nicht gab. Der letzte Polizist, der diesen Posten bekleidete hatte, hatte im Juni aufgehört, und sein aus familiären Gründen verhinderter Nachfolger würde erst in zwei Monaten kommen.

Aurel hoffte innerlich, sein Chef würde sich nicht auf eine richtige Ermittlung einlassen, sondern ihm Handlungsspielraum gewähren. Doch leider führte Mortereau nach seinen kurzfristigen Bedenken die Befragung angestrengt weiter.

»Was ist in jener Nacht, in der Béliot ermordet wurde, im Hotel geschehen?«

»Stellen Sie sich vor, ich habe nicht die geringste Ahnung.

Und genau das ist mein Problem. Abends habe ich allein auf der Terrasse gegessen. Eines der Mädchen hat mich bedient. Roger war in seinem Zimmer. Er hatte es den ganzen Tag über nur einmal verlassen, um kurz vor Einbruch der Dunkelheit den Gärtner anzuschnauzen.«

»War er gesund?«

»Nicht mehr und nicht weniger als sonst.«

»Und dann?«

»Während die Bedienung abräumte, sah ich im Aufenthaltsraum fern. Ich hörte, wie das Personal in der Küche abspülte. Der Koch brachte mir einen Kräutertee. Kurz darauf bin ich schlafen gegangen.«

»Wo befand sich Ihr Zimmer?«

»Es ist die Nummer zwölf, jenes Zimmer, das mir Roger am ersten Tag zugewiesen hatte. Dort bin ich geblieben. Alle kennen es, es ist das schlechteste des ganzen Hotels. Darum hat er es für mich ausgesucht. Es liegt ganz am anderen Ende des Gebäudes. Und im Gegensatz zu den anderen Zimmern sieht man vor dort nicht auf den Garten, sondern auf einen kleinen Hof. Im darunterliegenden Erdgeschoss befinden sich die Motoren der Kühlkammern. Die heizen und machen nachts einen Höllenlärm. Anfangs konnte ich gar nicht schlafen, später habe ich dann Ohrstöpsel gefunden, und oft nehme ich auch ein Schlafmittel.«

»Auch an jenem Abend?«

»Ja.«

»Sie haben also nichts gehört?«

»Absolut nichts.«

Mortereau rümpfte die Nase wie ein Vorstehhund.

»Und welche Beweise haben die anderen dann gegen Sie? Warum beschuldigt man Sie?«

»Weil angeblich niemand außer mir im Hotel war in dieser

Nacht. Und es stimmt, dass nach Ihrer Abreise, Monsieur Aurel, keine neuen Gäste mehr gekommen sind. Das Personal ist nach dem Abendessen gegangen. Rogers junge Freundin war bei ihrer Mutter auf dem Land. Außer mir war nur der alte Wachmann da, der in seinem Häuschen am Eingang schläft.«

»Das reicht nicht aus, um Sie zu beschuldigen.«

»Für die mosambikanische Polizei offenbar schon. Ihnen zufolge hat der Wachmann einen Streit zwischen Roger und einer Frau gehört, die akzentfrei Französisch sprach. Sie haben auch die Aussage eines ehemaligen Polizeichefs, ein Freund Rogers – und nebenbei Liebhaber seiner mosambikanischen Ehefrau. Er behauptet, Béliot habe sich seit meiner Ankunft nicht mehr sicher gefühlt. Und ich hätte gedroht, ihn umzubringen. Angeblich hätte er sein Essen von den Hunden vorkosten lassen, weil er fürchtete, ich hätte es vergiftet.«

»Die ganze Sache ist nicht sehr überzeugend«, bemerkte Mortereau. »Sie können sich verteidigen. Haben Sie einen Anwalt?«

»Denselben, der mich in dem Prozess um das Hotel vertreten sollte.«

»Wer ist das?«

»Maître Hippolyte Bakasso. Er ist noch recht jung. Aber er scheint mir kompetent, auch wenn er offenbar nicht viele Klienten hat.«

»Woher kennen Sie ihn?«

»Mein Anwalt in Frankreich hat ihn mir empfohlen, er hat ihn flüchtig auf einem Kongress französischsprachiger Anwälte kennengelernt. Im Grunde weiß ich nichts über ihn. Vielleicht können Sie mir etwas über ihn erzählen. Anscheinend besticht hier jeder jeden. Daher bin etwas misstrauisch.«

Nach dem Gespräch warteten Mortereau und Aurel draußen auf den Wagen, der in einiger Entfernung geparkt war.

»Alles in allem«, sagte der Generalkonsul, »hat sie eigentlich keine richtige Familie. Ihre Kinder kümmern sich nicht um sie. Und sie kennt niemanden in dieser Stadt, nicht einmal ihren Anwalt. Wir sind die Einzigen, die ihre Unschuld beweisen können.«

»Richtig«, stimmte Aurel finster zu.

Dieses »Wir« bestätigte seine schlimmsten Befürchtungen: Mortereau hatte nicht die geringste Absicht, ihm den Fall zu überlassen.

V

Aurel wohnte im obersten Stock eines Bürogebäudes, das in fußläufiger Nähe zur Post und zum Rathaus lag. Ein Altbau aus den 1950er-Jahren, der solide gebaut war. Doch auch wenn das Mauerwerk gut in Schuss war, ließen die gemeinschaftlich genutzten Bereiche sehr zu wünschen übrig. Das riesige Treppenhaus wurde von nur wenigen Deckenlampen beleuchtet, die meisten waren kaputt. Die Wandfarbe war abgeblättert und mit Graffitis besprüht. Doch sobald man die tristen Flure hinter sich ließ und die Wohnung betrat, ergab sich ein anderes Bild. Sie war in gutem Zustand, beinahe luxuriös. Aurel hatte, wie üblich, alles getan, um sie dämmrig und wie aus der Zeit gefallen zu gestalten. Er hatte die großen Glasfenster mit Vorhängen abgedunkelt und in allen Räumen Lampen angebracht, die gedämpftes Licht verströmten und große Schatten auf die Wände warfen. Reproduktionen von Klimt und Ansichten von rumänischen Landschaften hingen schief an den Wänden. Mitten im Salon stand sein Klavier mit den Kerzenhaltern aus Kupfer.

Sobald Aurel die Wohnung betrat, fühlte er sich, als sei er woanders, nämlich zu Hause. Die Schwüle, deren Eindringen er nicht verhindern konnte, schien für ihn nicht mehr aus Afrika zu kommen, sondern erinnerte ihn an die überheizten Wohnungen im winterlichen Bukarest.

Nur hier, in dieser vertrauten Umgebung, bei einem Glas Tokajer, konnte er wieder zur Besinnung kommen und wirklich anfangen, nachzudenken.

Nach diesem anstrengenden Tag entledigte er sich seiner Kleidung, behielt aber, wie gewöhnlich, sein Hemd an. Er hatte es vor zwanzig Jahren in Wien anfertigen lassen. »Nach Maß« hatte der Schneider gesagt, ohne zu präzisieren, nach wessen Maß. Es war viel zu weit für Aurel, im Rücken reichte es ihm fast bis zu den Kniekehlen. Er schlüpfte in seine mongolischen Hausschuhe mit den Quasten und schaltete die alte Stereoanlage ein, in der eine CD von Erik Satie lag.

»Die Materie ist Geist«, ächzte er, während er sich in einen geschmacklosen gold gestrichenen Holzsessel fallen ließ, den er mit der Wohnung gemietet hatte. Und tatsächlich, diese einfachen Vorkehrungen – die Vorhänge, das Halbdunkel, der zarte Stoff, der sein Gesäß bettete, das Glas Tokajer und die Klaviermusik – genügten, um seine Tagträumereien zu entfachen. An der gegenüberliegenden weißen Wand sah er Porträts vorüberziehen, von denen er sich inspirieren lassen wollte.

An erster Stelle, Ehre wem Ehre gebührt, kam Béliot selbst, in majestätischer Pose. Béliot. Wenn sein Tod auch noch immer mysteriös blieb, so war es sein Leben umso mehr. Aurel konnte sich kein klares Bild machen. Er war ganz offensichtlich ein rassistischer alter Kolonist, der aber eine Afrikanerin geheiratet und ihr sein gesamtes Erbe vermacht hatte. Ein Misanthrop, der aber regelmäßig Besuch von örtlichen Honoratioren bekam. Ein autoritärer und gewalttätiger Mann, der es aber nicht schaffte, die Frau hinauszuwerfen, die ihm nichts mehr bedeutete und die gekommen war, um die Hälfte seines Vermögens einzufordern. War Béliot so stark, wie er sich gab? Oder war er vielmehr eines dieser schwachen menschlichen

Wesen, die ihre Verwundbarkeit kaschierten, indem sie um sich herum eine kleine Welt schufen, über die sie zu herrschen glaubten?

Und Françoise? War sie, wie sie vorgab, das Opfer oder eine weitaus gefährlichere und berechnende Gegnerin, vor der Béliot sich in der Blüte seines Lebens hatte schützen können, aber der er im Alter nicht gewachsen war?

Aurel schloss die Augen, öffnete sie abrupt wieder und starrte auf die weiße Wand. Er beobachtete, welches Bild von Françoise auf der »Leinwand« erschien. Er hatte sie weinend, kokettierend, affektiert, einschmeichelnd, drohend und anklagend erlebt. Doch keines dieser Gesichter erschien. Das, was er sah, war eine Art laszive Maske mit halb geschlossenen Augen, glatter Haut und leicht geöffnetem Mund. Es war ein übermenschliches Gesicht, unempfänglich für jedes Mitleid, das Gesicht der Gerechtigkeit und des Todes. Aurel wusste nicht, wie er das interpretieren sollte – außer, dass es nicht das Gesicht der Unschuld war, sondern vielmehr das erbarmungslose Gesicht des Schicksals. Bedeutete das etwa, dass sie schuldig war?

Er erhob sich, um sich Weißwein nachzuschenken.

Dann setzte er sich, auf der Suche nach weiteren Bildern, wieder hin. Es gelang ihm aber nicht, andere Gesichter heraufzubeschwören. Ihm wurde klar, dass die ganze Angelegenheit im Moment auf einen unbefriedigenden Zweikampf reduziert war: Béliot gegen seine erste Frau. Sie waren sich seit Langem fremd. Das Leben hatte beide mit vielen anderen Menschen zusammengebracht, die für Aurel noch unsichtbar waren.

Aurel sagte sich, dass er zu diesem Zeitpunkt nicht in der Lage war, ein Urteil zu fällen. Dazu müsste er erst einmal diesen Schattenfiguren begegnen: Béliots zweiter Ehefrau, seiner aktuellen Geliebten, dem Sohn aus zweiter Ehe ... Und all den anderen Personen, die dem alten Unternehmer regelmäßig Besuche abstatteten ... Was besprachen sie mit ihm, was wollten sie von ihm?

Im Geiste begann Aurel, eine Strategie zu entwickeln, um sich am nächsten Tag auf die Suche nach den fehlenden Puzzleteilen machen zu können.

Doch plötzlich tauchte – wie früher das Testbild im Fernsehen bei vorübergehenden Störungen – Mortereaus rotes Gesicht mit der kleinen Tolle vor ihm auf. Dieser Anblick erinnerte ihn an die neue Situation, in der er sich befand. Wieder einmal musste er seine Ermittlungen verheimlichen, aber dieses Mal aus einem völlig unerwarteten Grund. Sein Vorgesetzter, weit davon entfernt, ihm diese Tätigkeit zu verbieten, wollte nicht nur daran teilhaben, sondern das Ganze leiten: Seine hierarchischen Gewohnheiten wird man eben so leicht nicht los. Um sich seine Unabhängigkeit zu bewahren, sah sich Aurel genötigt, noch mehr zu tricksen als sonst.

Er wusste, wie heikel es für einen Diplomaten war, sich auf juristisches Terrain zu begeben und das Vertrauen seiner Gesprächspartner zu gewinnen. Dies war nur möglich, wenn es ihm gelang, seinen Beruf vergessen zu machen. Aurel schaffte das, weil man ihn generell nicht allzu ernst nahm. Aber ein Gespann, wie er es mit Mortereau bildete, ließ keinerlei Hoffnung auf Vertraulichkeiten zu. Er musste den Generalkonsul irgendwie auf Abstand halten, ihm ein paar Krümel hinwerfen, um seine Neugier zu stillen, und allein agieren.

Er schaltete die Musik aus, erhob sich und dehnte genüsslich seine Zehen auf dem warmen Fliesenboden. Dann setzte er sich ans Klavier und entspannte sich mit einem Stück von Schumann, das hell erklang. Afrika war gänzlich verschwunden. Es blieb eine Straße im winterlichen Kronstadt und eine kleine Prozession von Rabbinern mit ihren Hüten. Ein Kind, das ihm ähnlich sah, trottete hinter den Männern her. Und während es so dahinlief, fragte es sich, was das eigentlich war, das Leben …

#

Am nächsten Tag trafen sich die verschiedenen Bereichsleiter zu einer Sitzung. Mortereau würde also den ganzen Vormittag beim Botschafter festsitzen. Aurel zog sich rasch an, trank im Stehen in seiner Küche eine Tasse Kaffee und machte sich dann, wie geplant, auf den Weg, um der Residenz dos Camarões einen Besuch abzustatten.

Der Wachmann war gerade dabei, den Bürgersteig vor dem Eingang zu fegen. Aurel stieg aus dem Taxi und ging zu ihm hinüber.

»Guten Tag, Pedro.«

»Ah, Monsieur Aurel!«

Während seines Aufenthalts im Hotel hatte Aurel den guten Mann stets morgens und abends gegrüßt. So war er Pedro in Erinnerung geblieben.

»Ist es heute ruhiger?«

»Ja, ruhiger.«

Der Wachmann sprach kaum Französisch. Aurel musste sich also auf das Wesentliche beschränken.

»Ist jemand im Hotel? Gäste?«

»Gäste? Nein, keine Gäste.«

Alles andere wäre überraschend gewesen.

»Jemand vom Personal?«

»Nur eine Person«, sagte der Wachmann und hob den Zeigefinger. »Mademoiselle Lucrecia.«

»Ich werde ihr schnell guten Tag sagen«, sagte Aurel und übertrat die Schwelle, ohne dass der Wachmann hätte reagieren können.

Am Morgen verströmte der Garten durch die Feuchtigkeit einen angenehmen Duft. Die Stämme der Palmen waren von leuchtend grünen Pflanzen umwuchert, die in Nestern aus Kokosfasern wuchsen. Pedro wässerte sie jeden Abend reichlich, bis sie sich vollgesogen hatten.

Aurel gelangte zu der Terrasse, auf der sich Béliot für gewöhnlich aufgehalten hatte. Nichts war seitdem verändert worden, und er wurde das Gefühl nicht los, dass der alte Mann in seinem viel zu weiten Unterhemd und der formlosen Unterhose jederzeit auftauchen könnte.

Spontan warf er einen Blick in das Zimmer im Erdgeschoss. Die Tür stand weit offen. Während seines Aufenthalts war Aurel weder in diesem Zimmer gewesen, noch hatte er jemals gesehen, was sich darin befand. Er trat ein und sah sich um. Das Zimmer wirkte beengt, weil es mit Möbeln vollgestopft war. Ein riesiges Bett nahm fast den gesamten Raum ein. Gegenüber auf einem Sideboard thronte ein großer Fernseher, den Béliot, dem Personal zufolge, Tag und Nacht laufen ließ. Die Wände waren mit Schränken vollgestellt, billige Spanplattenmöbel mit Schiebe- oder Spiegeltüren. Auf ihnen stapelten sich Koffer in allen Größen. Sie verliehen dem Zimmer das Flair einer Behelfsunterkunft, was einen seltsamen Kontrast zu der sorgfältigen Ausstattung und dem Komfort des Hotelgebäudes bildete. Man hatte den Eindruck, Béliot habe sich dort illegal aufgehalten. Obwohl er hier über fünfzehn Jahre lang gelebt hatte, schien er jederzeit fluchtbereit gewesen zu sein. Der einzige etwas persönlichere Gegenstand war ein großes Aquarium, das den freien Platz zwischen zwei Schränken einnahm. Die Beleuchtung war ausgeschaltet, und im grünlichen Wasser sah man einige schöne Exemplare tropischer Fische, die dem Tageslicht entgegenstrebten.

Aurel war noch mit dem unerwarteten Einblick in Béliots Privatsphäre beschäftigt, als eine Stimme in seinem Rücken ihn aufschreckte.

»Bonjour, Monsieur le Consul.«

Er drehte sich abrupt um und sah die junge Frau, die alle Lucrecia nannten, auf der Terrasse stehen. Er war ihr oft begegnet, als er noch im Hotel wohnte, hatte aber nie bewusst den Klang ihrer Stimme wahrgenommen. Lange Zeit war er davon ausgegangen, dass sie zum Personal gehörte. Als Béliot aus dem Krankenhaus nach Hause gekommen war, hatte er gesehen, dass sie sich um ihn kümmerte, genau wie Françoise. Aber im Gegensatz zu ihr durfte Lucrecia das Zimmer des Hausherrn betreten. Und Aurel hatte den Eindruck, dass sie dort sogar die Nacht verbrachte. Doch erst nach Françoises Aussage hatte er glauben können, dass Lucrecia tatsächlich Béliots Geliebte war. Diese Vorstellung erschien ihm schon wegen des Altersunterschiedes überaus unpassend und skandalös. Doch als sie ihn an diesem Morgen dabei überraschte, wie er Béliots Zimmer inspizierte, konnte Aurel sich selbst davon überzeugen, dass ihre Schwangerschaft schon recht fortgeschritten war.

»Suchen Sie etwas?«

Die junge Frau sprach mit sanfter, etwas rauer Stimme. Ihr Gesichtsausdruck war ernst, ja traurig. Aurel musterte sie. Sie war ausgesprochen jung, doch ihre Körperformen ließen sie deutlich älter erscheinen. Ihre Frisur wirkte natürlich, aber es musste sehr viel Arbeit gewesen sein, das mahagonifarbene Haar in kunstvolle Wellen zu legen. Sie sprach akzentfrei Französisch, mit einer einstudierten Intonation, die sie wohl aus dem Fernsehen hatte.

»Ich wollte nur sehen, wo Roger Béliot gelebt hat«, stammelte Aurel.

Er wandte sich wieder dem Zimmer zu, und für einen Moment hielten beide inne.

»Das ist ... eine recht einfache Einrichtung.«

»Er wollte alle seine Sachen um sich haben«, erläuterte Lucrecia. »Es widerstrebte ihm, dass Dinge, die ihm gehörten, überall verstreut herumlagen. Nachts packte er seine Schränke aus, nur um nachzusehen, was sich darin befand.«

Sie sprach mit einer gewissen Gleichgültigkeit, so als würde sie die Gewohnheiten eines wilden Tieres beschreiben.

Sie ging hinaus, und Aurel gesellte sich zu ihr auf die Terrasse.

»Setzen Sie sich doch«, forderte er sie hastig auf.

»Es ist alles in bester Ordnung, danke«, antwortete sie und legte die Hand auf ihren Bauch. »Aber ja, setzen wir uns. Darf ich Ihnen etwas zu trinken bringen?«

Aurel hätte am liebsten »ein Glas Weißwein« geantwortet, aber er wollte nicht, dass sie unter diesem Vorwand in der Küche verschwand. Der Kontakt war hergestellt und durfte nicht abreißen.

»Nichts, danke. Wenn Sie nichts dagegen haben, würde ich gerne einen Moment mit Ihnen sprechen.«

»Wie Sie möchten.«

Dieser Ausdruck schien die Persönlichkeit der jungen Frau recht gut zu beschreiben. Er spürte bei ihr so etwas wie Resignation. Aber diese Selbstaufgabe war nicht schmerzlich. Es war der Preis, den man für vollkommene Freiheit zahlen musste. Man spürte, dass sie hinter dieser ungerührten Fassade ihre kleine Welt aus Träumen und Wünschen hegte, die ihr offenbar genügte.

»Ich habe Françoise Béliot im Gefängnis besucht.«

»Wie geht es ihr?«

»Schlecht. Sie erträgt es nicht, dass sie des Mordes an ihrem Mann beschuldigt wird.«

»Ich kann sie verstehen.«

»Glauben Sie, dass sie dazu fähig wäre …, ihn umzubringen?«

Aurel wusste nicht, wie er Béliot bezeichnen sollte. Aber er sagte sich, dass sie ihn schon verstanden hatte. Die Wimpern des Mädchens flatterten. Zum ersten Mal ließ sie eine Emotion erahnen, einen Anflug von Revolte. Doch sie fasste sich gleich wieder und fuhr mit derselben ruhigen Stimme fort:

»Sie liebte Roger viel zu sehr.«

»Trotzdem … sie hat ihn verklagt. Wussten Sie das?«

Lucrecia zuckte unmerklich mit den Schultern.

»So war nun mal ihre Beziehung. Seitdem sie ihn vor über zwanzig Jahren verlassen hat, hat sie ihn immer wieder um Geld gebeten. Und er hat sich nie geweigert, es ihr zu geben.«

»Sie behauptet, sie stecke in großen Schwierigkeiten und sei verarmt. Deshalb sei sie zurückgekommen.«

»Das Ganze geht mich zwar nichts an, aber ich weiß das, was Roger mir darüber erzählt hat, und sie übrigens auch. Er hat sie finanziell unterstützt, bis ihre Kinder groß waren. Danach war er der Meinung, dass sie allein klarkommen müsse. Und dann ist sie hierhergekommen, um ihren Anteil am Hotel zu verlangen.«

»Denken Sie, das war legitim?«

Lucrecia senkte ihren Blick und betrachtete ihre Hände. Sie waren sorgfältig maniküRT und mit künstlichen Fingernägeln versehen, die smaragdgrün lackiert und mit Pailletten verziert waren.

»Ich habe keine Meinung dazu.«

»Immerhin war die Beziehung der beiden doch angespannt, seit sie wieder da war?«

»Sie hatten überhaupt keine Beziehung. Roger sprach nicht mit ihr.«

»Und Sie?«

»Ich? Ich habe mich gut mit ihr verstanden. Sie ist eine großzügige Frau.«

»Sie behauptet ...«

Aurel wurde nervös. Sexuelle Fragen brachten ihn stets in Verlegenheit. Gegenüber dieser Lucrecia, einer jungen üppigen Frau mit weiblichen Rundungen, intime Themen anzusprechen, war riskant. Es war so, als würde man Wasser über Säure gießen. Aurel fürchtete, es könnten sinnliche Dämpfe entweichen.

»... Sie hätten Monsieur Béliot in sehr jungen Jahren kennengelernt.«

»Das ist wahr. Mit dreizehn Jahren.«

Sie sagte das mit großer Selbstverständlichkeit.

»Ist das nicht ... ein bisschen früh?«

Lucrecia zuckte mit den Achseln. Aurel spürte, dass sie keine besonders große Lust hatte, sich zu dieser Frage zu äußern. Er entschied sich, das Thema zu wechseln.

»Sie waren in der Nacht des Verbrechens nicht im Hotel.«

»Ich bin zu meinen Cousins und Cousinen im Norden gereist. Mein Onkel war eine Woche zuvor gestorben, und es fand eine große Trauerfeier statt, die über mehrere Tage ging. Das ist bei uns so üblich.«

»Wann sind Sie aufgebrochen?«

Aurel hatte seine Frage sehr direkt gestellt, und sie schien sich darüber nicht zu wundern. Und doch musste er aufpassen. Diese Befragung überstieg seine Kompetenzen als Konsul.

»Zwei Tage vor Rogers Tod.«

»Und natürlich ahnte dieser nicht das Geringste. Hat er

Ihnen noch irgendetwas anvertraut? Haben Sie vielleicht gespürt, dass er Angst hatte?«

Sie dachte lange nach. Man hatte den Eindruck, dass alles an diesem Mädchen von einer gewissen Ernsthaftigkeit, von einer Seriosität geprägt war, die im krassen Gegensatz zu ihrem scheinbar belanglosen Leben stand.

»Doch. Seit einiger Zeit hatte er Angst.«

»Angst wovor?«

»Das hat er mir nicht gesagt.«

»Hatte es mit Françoises Anwesenheit zu tun?«

Plötzlich trat eine seltsame Stille ein. Es dauerte einen Moment, bis Aurel merkte, dass das Brummen der Kühlschränke aufgehört hatte. Fast im gleichen Augenblick ertönte ein lautes Geräusch hinten im Garten.

»Stromausfall«, sagte sie mechanisch. »Das ist der große Generator, der anspringt ...«

Aurel erinnerte sich, dass solche Stromausfälle häufiger vorgekommen waren, als er hier im Hotel gewohnt hatte.

»Ich fragte Sie, ob Ihrer Meinung nach Monsieur Béliot Angst hatte, seit Françoise zurückgekommen war?«

»Ja, ungefähr seit diesem Zeitpunkt. Aber ich weiß nicht, ob da ein Zusammenhang besteht. Vielleicht hatte es eher mit seinen Geschäften zu tun.«

»Worum ging es da zum Beispiel?«

Lucrecia zuckte mit den Achseln.

»Er hat mich nie in seine Geschäfte eingeweiht.«

»Haben Sie bemerkt, dass ihm in letzter Zeit andere Leute als sonst einen Besuch abstatteten?«

»Nein, es waren immer dieselben Bekannten.«

»Kennen Sie ihre Namen?«

»Ein paar.«

»Welche? Könnten Sie mir einige nennen?«

»Piotr.«

»Piotr?«

»Kennen Sie ihn nicht? Ach ja, er ist schon eine ganze Weile nicht mehr hier gewesen.«

»Ist dieser Piotr Mosambikaner?«

»Nein. Ich weiß nicht genau, woher er kommt. Aus Russland vielleicht oder aus einem anderen osteuropäischen Land ... Jedenfalls irgendwo aus der Ecke.«

»In welcher Beziehung stand er zu Béliot?«

»Roger hat ihm geholfen, als er hierhergekommen ist. Er ist eine Art Flüchtling.«

»Ist er jung?«

»Ungefähr dreißig Jahre alt.«

»Und in welcher Funktion war er für Béliot tätig?«

»Ein bisschen der Mann für alles. Er kümmerte sich um Rogers Angelegenheiten. Er überbrachte Nachrichten für ihn, solche Sachen.«

»Und wissen Sie, wo dieser Piotr jetzt ist?«

»Er ist vor meiner Rückkehr verschwunden. Ich nahm an, dass Roger ihn mit einem Auftrag losgeschickt hatte, das kam manchmal vor.«

»Und er ist nicht wieder aufgetaucht?«

»Hier habe ich ihn jedenfalls nicht mehr gesehen.«

Aurel schaute auf seine Uhr. Es war Zeit, zur Botschaft zurückzukehren. Sobald das Treffen der Bereichsleiter vorbei war, würde Mortereau sogleich überall nach ihm suchen.

»Eine letzte Frage, Lucrecia.«

Sie wartete geduldig. Aurel stellte sie sich so vor: Sie konnte stundenlang warten, ohne ein Wort zu sagen, und sich in dieser Zeit ihrem geheimnisvollen Innenleben widmen.

»Béliot hatte einen Safe in seinem Schlafzimmer, der offenbar aufgebrochen wurde. Wissen Sie, was sich darin befand?«

»Nichts.«

»Wie soll ich das verstehen?«

»Er hat mir oft den Schlüssel gegeben, damit ich Sachen für ihn hineinlege. Es war so ein kleiner Safe, wie man sie in Hotelzimmern findet. Die Touristen können darin ihre Wertsachen deponieren. Er legte dort Unterlagen ab, wenn er keine Zeit hatte, jemanden zur Bank oder zur Post zu schicken.«

»Was für Unterlagen waren das?«

»Quittungen, Rechnungen und andere Dinge ohne große Bedeutung.«

»Keine offiziellen Dokumente, keine notariellen Urkunden?«

»Ich habe nie welche gesehen.«

Aurel steckte sein kleines Notizbuch weg und erhob sich, um sich zu verabschieden.

»Wann kommt das Baby?«

»In etwa sechs Wochen, denke ich.«

»Und was werden Sie tun? Hat Béliot Ihnen etwas hinterlassen?«

»Ich glaube nicht. Diesbezüglich hat er mir gegenüber nie etwas erwähnt. Er wollte nicht über seinen Tod sprechen.«

»Werden Sie hierbleiben?«

»Sicher nicht. Seine Frau wird dagegen sein.«

»Seine Frau?«

»Fatoumata.«

»Ah ja. Fatoumata. Und nun? Was soll aus Ihnen werden?«

Lucrecia zog die Augenbrauen hoch, und Aurel begriff, dass es sinnlos war, sie weiter über ihre Zukunft zu befragen. Sie hatte keinerlei Interesse daran, diese Dimension ihrer Existenz zu beherrschen. Es würde ohnehin kommen, wie es kommen musste. Er dachte, dass das Leben vielleicht auch für ihn einen angenehmeren Lauf genommen hätte, wenn es ihm gelungen wäre, die Dinge so zu sehen ...

VI

Als Aurel nach seiner Rückkehr von der Residenz dos Camarões bei Mortereau vorstellig wurde, bat ihn dieser sofort herein und schloss mit verschwörerischer Miene die Tür hinter ihm.

»Gibt es etwas Neues?«, fragte der Generalkonsul leise.

»Nichts«, log Aurel. »Und bei Ihnen?«

»Die Besprechung heute Morgen hat sich endlos hingezogen. Der Geschäftsträger ist zu jung und außerstande, irgendeine vernünftige Entscheidung zu treffen.«

Während Mortereaus zahlreichen Amtsreisen als Botschafter übernahm der Geschäftsträger seine Aufgaben. Es handelte sich um einen jungen unerfahrenen Eliteuni-Absolventen, schüchtern und autoritär, der alle gegen sich aufgebracht hatte. Mortereau war zwar nur zwei Jahre älter als er, aber er sprach mit der gereizten Herablassung eines erfahrenen Diplomaten von ihm.

»Er hat uns eine offizielle Delegation angehängt, für die eigentlich das Kooperationsbüro zuständig wäre. Es handelt sich um eine Untersuchungskommission der Vereinten Nationen.«

»Was hat das Konsulat damit zu tun?«, trumpfte Aurel auf, der aus der sozialistischen Welt den starken Drang beibehalten hatte, Vorgesetzten stets nach dem Mund zu reden.

»Rein gar nichts, Sie haben ganz recht, Aurel! Aber der Berater für Fragen der Zusammenarbeit befindet sich auf Dienstreise in Frankreich, und so haben sie uns die Sache aufgebürdet.«

»Um welche Art Untersuchungskommission handelt es sich?«

»Fachleute für Elfenbein.«

»Elfenbein!«

»Sie wissen sicher, dass die mosambikanische Regierung letztes Jahr bei Wilderern große Mengen an Elefantenstoßzähnen beschlagnahmt hat. Und die Herren Experten der Vereinten Nationen wollen der Zerstörung beiwohnen.«

»Das geht das Konsulat nichts an«, beharrte Aurel und schüttelte mit zutiefst missbilligender Miene den Kopf.

»Ich bin ganz Ihrer Meinung«, bekräftigte Mortereau und bedachte seinen Stellvertreter mit einem dankbaren Blick. »Der Geschäftsträger hätte jemanden von der Kanzlei damit betrauen können. Aber er hat alles durcheinandergebracht. Er hat sich eingebildet, das Konsulat müsse ihnen helfen, da die meisten Mitglieder der Kommission französische Staatsbürger sind.«

»Helfen? Aber sie sind nicht in Gefahr ...«

»Unser guter Geschäftsträger glaubt, die Mosambikaner könnten sie bei ihrer Arbeit behindern wollen. Und es stimmt, sie haben es nicht gerne, wenn Ausländer die Nase in ihre Schmuggelgeschichten stecken. Aber es scheint mir recht unwahrscheinlich, dass sie sich mit UN-Gesandten anlegen würden.«

»Wann kommen sie?«

»Sie sind bereits da! Vier Umweltschützer, die sich absolut nicht in Afrika auskennen. Sie sitzen seit zwei Tagen im Radisson-Hotel. Ich muss mich um sie kümmern.«

Mortereau sah auf seine Uhr.

»Ich bin um elf Uhr mit ihnen verabredet. Heute werde ich wegen Béliots Tod nichts weiter unternehmen können.«

Aurel kam nicht oft in den Genuss, jenes Wesen über sich zu spüren, das die Christen als Schutzengel bezeichnen und an das er normalerweise nicht glaubte. Aber wie sonst sollte er diese schicksalhafte Fügung bezeichnen, die Mortereau daran hinderte, ihm im Weg zu stehen?

»Machen Sie sich keine Sorgen«, sagte er und zwang sich, eine betrübte Miene aufzusetzen. »Ich werde mich weiter um die Ermittlungen kümmern und Sie umfassend auf dem Laufenden halten.«

Da er nicht selbst aktiv werden konnte, blieb Mortereau nur die Möglichkeit, sich als Oberkommandierender hervorzutun. Er trat hinter seinen Schreibtisch und deutete im Stehen mit einem Lineal auf verschiedene Kreise, die er auf ein Blatt Papier gemalt hatte.

»Hier habe ich alles für Sie skizziert. Zunächst müssen Sie so bald wie möglich die zweite Frau, diese Mosambikanerin aufsuchen.«

»Fatoumata.«

»Ganz genau. Ich habe heute Nacht im Internet recherchiert. Sie hat ein Haus in Maputo, aber meine Sekretärin hat angerufen und erfahren, dass sie sich nicht dort aufhält. Vermutlich befindet sie sich auf dem Familienanwesen, das etwa dreißig Kilometer nördlich von hier gelegen ist. Ich habe die Adresse notiert, die in Béliots konsularischer Akte hinterlegt ist. Übrigens enthält die Akte sonst nicht viel. Béliot war offenbar nicht sehr daran gelegen, etwas mit den französischen Behörden zu tun zu haben.«

»Glauben Sie, dass er etwas zu verbergen hatte? Illegale Geschäfte?«

Mortereau zuckte mit den Schultern.

»Möglich ist alles. Jedenfalls ist er nie verurteilt worden, weder hier noch anderswo. Ich glaube eher, er war wie diese alten Buschbewohner, von denen es hier viele gibt. Selbst wenn sie in der Stadt leben, sind sie etwas scheu und halten sich von den Diplomaten fern. Und wenn man unseren guten Geschäftsträger sieht, kann man es ihnen nicht verdenken. Kurzum!«

»Kurzum«, stimmte Aurel zu.

Der Generalkonsul tippte mit seinem Lineal auf einen der Kreise, in dem geschrieben stand: Fatoumata Béliot. Anschließend deutete er auf einen anderen Kreis, der das Wort »Beerdigung« umschloss.

»Sehr wichtig!«, verkündete er in angriffslustigem Ton.

Offenbar gefiel er sich in der Rolle des Chefstrategen. Aurel betrachtete diesen jungen Kerl und fragte sich, was er wohl für ein Kind gewesen war. Bestimmt kein dominanter kleiner Junge. Mit seinen schmalen Schultern und seinem Starenkopf war er sicher eher ein Mitläufer gewesen, im Schlepptau eines Anführers. Und nun entdeckte er plötzlich seine Lust am Befehlen, den Nervenkitzel einer mehr oder minder geheimen Aktion. Es war Aurel stets gelungen, solche inneren Triebe bei seinen Vorgesetzten hervorzulocken. Für sie war er der ideale Mitarbeiter, der Typ, den man überall hinschicken kann und der zu allem Ja und Amen sagt. Aus diesem Grund legte er es auch in jeder neuen Stelle als Erstes darauf an, wirklich nicht zu arbeiten. Er wollte keinesfalls in das Räderwerk der Unterwerfung geraten.

»Morgen früh«, tönte Mortereau, »um acht Uhr dreißig wird der Tote aus der Leichenkammer des Krankenhauses abgeholt und anschließend auf dem Südfriedhof beigesetzt. Das war laut konsularischer Akte der Wunsch des Verstorbenen.«

»Ich werde dort sein.«

»Ich würde auch gerne kommen, aber das ist genau die Zeit, die die Umweltschützer gewählt haben, um dem Zolllager einen Besuch abzustatten.«

»Wie schade«, beklagte Aurel und senkte den Blick.

»Glücklicherweise treffen sie sich auch mit dem Innenminister. Ich werde die Gelegenheit nutzen, um mit ihm über den Stand der Ermittlungen auf mosambikanischer Seite zu sprechen.«

Er deutete auf einen anderen Kreis.

»Der letzte Ort, den es zu besuchen gilt, ist die Residenz dos Camarões und das arme Mädchen, das mit dem alten Widerling, Gott habe ihn selig, zusammenlebte. Ich denke, ich kann dort heute Nachmittag vorbeischauen.«

»Nicht nötig«, unterbrach ihn Aurel fast mit einem Aufschrei.

Mortereau hob sein Hahnengesicht und musterte ihn durchdringend.

»Und warum?«

»Sie ... Sie ist nicht da.«

»Woher wissen Sie das?«

»Ich habe dort angerufen und erfahren, dass sie ihre Familie auf dem Land besucht.«

Argwöhnisch runzelte der Generalkonsul die Stirn, dann schaute er auf seine Uhr.

»Gut, dann statten wir ihr einen Besuch ab, sobald sie zurück ist. Wenn Sie Neuigkeiten haben, telefonieren wir heute Abend. Ansonsten sprechen wir morgen nach der Beerdigung über den Stand der Dinge.«

Aurel verließ den Raum, nachdem er sich mit einer Art militärischem Gruß verabschiedet hatte, der ihn selbst zum Lachen brachte, als er auf dem Gang war.

Der Vorteil, den ihm die Unterstützung seines Vorgesetzten in dieser Sache einbrachte, machte sich vor allem beim Transport bemerkbar. In seinen früheren Positionen hatte man Aurel aufs Abstellgleis geschoben, weshalb er sich vor allem im Taxi fortbewegte oder im schlechtesten aller zur Verfügung stehenden Dienstwagen, für den er hart kämpfen musste.

Jetzt saß er auf dem Rücksitz des neuen Konsulatswagens, der ihn zu Fatoumata Béliot brachte. Es war eines der wenigen Male, dass Aurel die Stadt verließ. Als sie sich vom Zentrum Maputos entfernten, entdeckte er die riesigen afrikanischen Viertel, die die Hauptstadt umgaben, aber strikt von den ehemaligen Kolonialgebieten abgetrennt waren. Die Straßen waren nicht befestigt, die kleinen Häuser verschachtelt angeordnet, dazwischen eine bunte afrikanische Menschenmenge. Als die Straße stark anstieg, näherten sich die ersten Hügel. Aurel war angenehm überrascht. Durch die Höhenlage wurde die Luft frischer. Von den ungesunden Ausdünstungen der Ebene befreit, war sie klar und ließ die leuchtenden Farben der mit Maniok und Arekapalmen bepflanzten Hügel erstrahlen.

Fatoumatas Anwesen war ein traditionelles afrikanisches Landgut, auf dem Viehzucht betrieben wurde. Auch ein elegantes Wohnhaus stand dort, das durch sein Strohdach und das handgeschmiedete Gitter sehr ländlich wirkte. Der Wagen setzte Aurel vor einer Weide mit großen, leicht gebogenen Pfählen ab, an denen die Kühe angebunden wurden. Weil sich die Tiere daran gescheuert hatten, war das Holz blank poliert. Der Weg zum Haus führte durch ein Gestrüpp aus trockenen Dornen. Fatoumata erwartete ihn auf der Terrasse, die man über drei abgetretene Holzstufen erreichte.

Sie war eine sehr schöne Frau, gehüllt in ein traditionelles petrolblaues Gewand mit Rankenmuster. Ihr Haar war sorgfältig zu feinen Zöpfen geflochten und dann zu einem Knoten zusammengefasst. Es war schwer, ihr genaues Alter zu bestimmen, aber sie verfügte über jene Selbstsicherheit, die die Reife den Afrikanerinnen verleiht. Die feinen Falten um Augen und Mund milderten die Ernsthaftigkeit ihres Gesichtsausdrucks und ließen so etwas wie ein Lächeln erahnen.

Spontan streckte sie Aurel die Hand entgegen. Er ergriff sie und stellte zu seinem Erstaunen fest, dass sie weich und seidig war. Wortlos führte Fatoumata den Besucher zum äußeren Rand der Terrasse, wo eine auf großen Steinen ruhende Holzplatte und einige Sessel standen. Sie hielt es nicht für nötig, ihn zu fragen, was er trinken wollte. Das übernahm eine barfüßige Bedienstete, die an einer Mauer lehnte.

»Danke, dass Sie mich empfangen, Madame.«

Aurel verabscheute Schweigen, wenn er in Gesellschaft war. So lieb es ihm auch zu Hause als lustvolle Begleiterscheinung seiner Einsamkeit und seines Nachdenkens war, so schien es ihm in Gegenwart anderer als ein Anzeichen für Unbehagen, wenn nicht gar für eine Bedrohung.

Fatoumata senkte den Kopf und blinzelte mit den Augen. Ihre Haltung hatte etwas Majestätisches, das Aurel beeindruckte.

Er verhaspelte sich bei dem Versuch zu erklären, dass er sie in konsularischer Funktion aufsuchte, und kündigte zugleich an, dass einige Fragen darüber hinausgehen könnten. Sie zeigte sich unbarmherzig und kam ihm nicht zu Hilfe, als er sich in seinen Ausführungen verstrickte. Er zog ein kariertes Taschentuch aus der Manteltasche und wischte sich die Stirn ab.

»Erlauben Sie mir zunächst, Ihnen mein Mitgefühl auszusprechen.«

Diese Aussage war zwar absolut belanglos, gab ihm aber die Möglichkeit, sich wieder zu fassen. Fatoumata blinzelte erneut und schwieg weiter beharrlich. Glücklicherweise servierte die Bedienstete den Kaffee, um den Aurel gebeten hatte, und stellte ein Glas mit einer mehrfarbigen Flüssigkeit – vermutlich einen Fruchtcocktail – vor die Dame des Hauses. Um Haltung zu wahren, zog er ein Moleskine-Notizbuch und einen Stift aus der Tasche.

»Darf ich fragen, seit wann sie mit Roger Béliot verheiratet waren?«

»Ich bin es noch immer«, sagte sie.

Ganz so wie ihre Hand war auch ihre Stimme viel sanfter, als ihr Äußeres verhieß. Es war eine kehlig klingende, tiefe Stimme, die an eine Gospelsängerin erinnerte. Als sie sprach, erhellte sich ihr Gesicht, und sie entblößte makellose Zähne.

»Wir haben am 8. Juli 1990 geheiratet«, fuhr sie fort. »Und unser Sohn wurde im Jahr 2000 geboren. Wie Sie sehen, hatten wir eine Vorliebe für runde Zahlen.«

Aurel lachte höflich und steckte die Nase in sein Notizbuch, in das er einige Worte schrieb.

»Und wo haben Sie sich kennengelernt?«

»Hier in Maputo. Ich studierte an der Handelshochschule, und er gab dort Kurse. Brauchen Sie noch mehr Einzelheiten?«

»Nein, nein, nein«, rief Aurel und wedelte mit dem feuchten Taschentuch, das er in der linken Hand hielt.

Er suchte nach Fragen, die weniger intime Antworten erforderten, aber er hatte den Eindruck, mit diesem verflixten Béliot war alles intim.

»Hat er Ihnen gleich gesagt, dass er schon einmal verheiratet war?«

Das war eine bedeutungslose und noch dazu sehr ungeschickte Frage, die er auf der Stelle bedauerte. Aber Fatoumata schien keinen Anstoß daran zu nehmen. Sie musterte ihn mit dem Blick einer Lehrerin, die einen Schüler auf der Toilette bei einer Unanständigkeit erwischt.

»Natürlich.«

Sie besaß nicht die Barmherzigkeit, weiter auszuholen, sondern überließ ihn der Qual, eine neue Frage zu finden.

Er stellte fünf oder sechs völlig überflüssige Fragen – etwa nach ihrem Familienstand und ihrem Beruf –, auf die er im Archiv des Konsulats mühelos Antwort gefunden hätte. Dann bat er sie automatisch, ihren offiziellen Wohnsitz zu nennen, und stellte zu spät fest, dass er sich schon wieder auf zweideutigem Terrain befand.

»Offiziell sind wir noch immer verheiratet und unser gemeinsamer Wohnsitz ist die Residenz dos Camarões. Aber wie Sie wahrscheinlich wissen, hat sich unsere Beziehung etwas gelockert. Doch genau genommen sind wir nicht getrennt. Auch wenn ich viel Zeit in meinem Haus in Maputo und vor allem hier, auf diesem Anwesen verbringe.«

Sie ließ einen Moment verstreichen und fügte dann hinzu:

»Meine gesamte Zeit.«

Aurel schluckte mühsam.

Vielleicht aus Mitleid oder aber um die Befragung zu verkürzen, ergriff Fatoumata nun die Initiative:

»Ich weiß auch, dass mein Mann mit einer anderen Frau zusammenlebte. Darüber wollten Sie sicher mit mir sprechen. Ich bin auch darüber informiert, dass sie ein Kind von ihm erwartet.«

Aurel war derart verblüfft, dass er nicht einmal zur Rettung nach seinem Notizbuch greifen konnte. In Fatoumatas Blick lag ein Funken von Ironie.

»Schockiert Sie das?«

»Nun ...«, stotterte er, »das ist Ihre Angelegenheit. Das geht mich nichts an.«

»Das könnte man aber meinen, so sehr wie Sie sich für den Mord an meinem Mann interessieren.«

Aurel war verwirrt und fragte sich, was sie von seinen Besuchen im Hotel und im Gefängnis wusste. Sie vermittelte ihm den Eindruck, sehr gut unterrichtet zu sein. Wenn das, was man über ihr Verhältnis zum ehemaligen Polizeichef munkelte, der Wahrheit entsprach, konnte die Bemerkung eine versteckte Drohung sein. Doch sie entschied sich, in vertraulicherem Ton fortzufahren.

»Wissen Sie, Monsieur le Consul, wenn man jemanden liebt, möchte man, dass er glücklich ist. Ich habe nie etwas getan, was Rogers Glück im Wege hätte stehen können.«

Wenn man sich schon in die Tiefen der Gefühlswelt vorwagte, schien es Aurel das Beste, auch bis zum Ende zu gehen.

»Und seine erste Frau?«

»Was ist mit ihr?«

»Wussten Sie, dass sie zurückgekommen ist?«

»Ich wusste vor allem, warum.«

»Hierbei ging es aber nicht mehr um Monsieur Béliots Glück, sondern ...«

Fatoumata führte ruhig das Glas mit dem Fruchtcocktail an ihre Lippen und wartete ab, was er sagen würde.

»... sondern um Ihre Interessen.«

Sie tupfte sich sorgsam mit einer kleinen Papierserviette die Lippen ab.

»Rogers Vermögen gehörte nur ihm allein. Wir haben uns bei unserer Heirat für eine Gütertrennung entschieden.«

»Wissen Sie, ob er irgendwo ein Testament hinterlegt hat?«

»Diese Frage können Sie besser beantworten als ich. Ich nehme an, das Konsulat wäre darüber informiert, wenn er es getan hätte.«

»Wir haben nichts gefunden, was darauf hindeutet.«

»Sehen Sie, das verwundert mich nicht. Roger hatte krankhafte Angst vor dem Tod. Und er war ein so misstrauischer Mann, dass er davon ausgegangen wäre, dass das Verfassen eines Testaments den Begünstigten auf für ihn gefährliche Gedanken bringen könnte.«

»Wir haben aber von Unterlagen zugunsten seines Sohns gehört.«

Fatoumata zog mit gekränkter Miene ihren Schal fester um die Schultern.

»Sie scheinen sich wirklich sehr für diese Sache zu interessieren. Was genau suchen Sie, Monsieur le Consul?«

»Nichts, gar nichts«, stammelte Aurel.

Nachdem sie ihn mit einem langen strengen Blick bedacht hatte, fuhr Fatoumata lakonisch fort:

»Es gibt kein Dokument dieser Art. Auch wenn es klar war, dass mein Mann den Wunsch hatte, dass unser Sohn eines Tages das Hotel übernehmen sollte.«

Als Aurel auf der Terrasse Schritte hinter sich hörte, wandte er sich abrupt um. Vor ihm stand ein Junge in Jeans und einem kurzärmligen roten Hemd. Seine Haut war heller als die seiner Mutter, und sein dichtes, langes Haar war schwarz gelockt.

»Komm her, David, und begrüß Monsieur le Consul.«

Aurel erhob sich und ergriff die Hand, die ihm der Junge ehrerbietig entgegenstreckte.

»David ist vor einem Monat von einem Praktikum bei der Hotelfachschule in Genf zurückgekommen.«

Die Haltung des Jungen war reserviert. Er mochte fünfzehn Jahre alt sein, aber sein Verhalten war das eines schüchternen Kindes.

»Danke, David. Du kannst uns jetzt allein lassen.«

Der Junge verabschiedete sich mit einem Kopfnicken und ging ins Haus.

»Lebt er hier bei Ihnen?«, fragte Aurel, sobald der Junge verschwunden war.

»Normalerweise hat er sein Zimmer im Hotel. Seit seiner Rückkehr aus Europa hatte ihn sein Vater zu sich genommen, um ihn in die Geschäfte einzuarbeiten.«

»Entschuldigen Sie die Frage, die Sie keinesfalls als Unterstellung verstehen dürfen. Aber wo war er am Abend des Mordes?«

»Ich habe damit gerechnet, dass Sie das fragen würden. Darum wollte ich auch, dass er es nicht hört.«

Fatoumata hob beide Hände und rückte ihre von einem Stoffband zusammengehaltene Haarpracht zurecht.

»In den Tagen davor war es mit seinem Vater schlecht gelaufen. Roger war sehr nervös. Da war dieser bevorstehende Prozess mit Françoise. Und es gab noch etwas anderes, aber ich weiß nicht, was. Im Hotel wurde getuschelt. Er wollte nicht, dass David da war, wenn er Besuch empfing. Jedenfalls hat er zwei Tage vor seinem Tod einen Vorwand gesucht. Er hat behauptet, David hätte die Rechnungen der Lieferanten falsch abgelegt ... Daraufhin kam es zu einer Auseinandersetzung, und mein Sohn ist hierhergekommen.«

»Er war also in der Nacht des Verbrechens bei Ihnen?«

Fatoumata sah ihn streng an.

»Die Polizei hat uns bereits all diese Fragen gestellt«, erklärte sie kurz angebunden. »Ich denke nicht, dass es die Rolle eines Diplomaten ist ...«

»Entschuldigen Sie meine Neugier!«, erklärte Aurel, dem die Röte ins Gesicht geschossen war. »Sie haben völlig recht. Das geht mich absolut nichts an.«

Um das Thema zu wechseln und die Atmosphäre zu entspannen, hob er anschließend den Kopf und betrachtete die Landschaft.

»Was für ein wundervoller Blick!«

Von der Terrasse aus konnte man weit nach unten sehen. Bäume zeichneten sich vor dem Horizont ab und davor blühten Wiesen und Felder mit reifer Gerste. Von Zeit zu Zeit unterbrachen große Bananenstauden diese alpine Harmonie. Der Himmel war sehr blau, kleine Wolken zogen durch die klare Luft.

»Reicht Ihr Besitz sehr weit?«

»Sehen Sie die Palmendächer ganz hinten, fast am Horizont? Das ist noch eines der Dörfer unserer Pächter. Alles, was Sie sehen, gehört uns.«

Fatoumata sprach im Pluralis Majestatis von »uns«. Aurel wusste, dass sie die Tochter eines bedeutenden Stammesfürsten war.

»Meine Schwester und ich kümmern uns um die Ländereien. Ehrlich gesagt vor allem ich, denn meine Schwester ist krank. Sie liegt im Krankenhaus, sonst hätte sie Sie bei uns willkommen geheißen.«

Um die Landschaft zu bewundern, hatte Fatoumata sich erhoben, und Aurel lehnte sich neben ihr an die Brüstung der Terrasse. Der frische Höhenwind trieb gelegentlich einen Vanilleduft herüber, der sich mit dem süßlichen Geruch von Fatoumata vermischte.

Auch wenn er sich keineswegs zu ihr hingezogen fühlte, verwirrte Aurel doch alles, was der gefährlichen Domäne des sinnlichen Verlangens zuzuordnen war.

Ihm wurde bewusst, dass er nicht weiterfragen durfte, sondern sich verabschieden musste.

»Die Beisetzung findet morgen statt, nicht wahr?«, sagte er.

»Ja. Wir werden da sein.«

Diesmal schien das »wir« weitere Familienmitglieder zu umfassen, zumindest aber ihren Sohn.

»Ein trauriger Moment!«, meinte Aurel, der in diesem Augenblick gerne einen Hut getragen hätte, um ihn mit theatralischer Geste abnehmen und sich vor dieser edlen Frau wie ein Musketier verneigen zu können.

Fatoumata reichte ihm wortlos die Hand. Aurel ergriff sie, wobei ihn erneut das unangenehme Gefühl überkam, ein kleines, vorwitziges und gefährliches Tier in der Hand zu halten, das seinen Fingern zu entwischen drohte. Dann überquerte er den Hof, ging um die Pfähle herum und nahm würdevoll im Konsulatswagen Platz. Zwei an ihren Pfahl gelehnte Kühe sahen dem Auto nach, das sich rumpelnd über die trockenen Lehmschlaglöcher entfernte.

VII

Um den Wagen zurück in den Fuhrpark zu bringen, musste Aurel die Botschaft passieren. Als er am Eingang ankam, sprachen ihn die Wachposten an.

»Der Consul Général sucht Sie schon überall. Er sagte, wenn wir Sie sehen, sollen wir Ihnen sagen, dass er Sie dringend sprechen will.«

Das Gebäude war verlassen, und es wurde bereits dunkel. Die wenigen Lampen, die in den Beeten und auf den Wegen angebracht waren, warfen ein bläuliches Licht auf die Baumstämme und den Boden vor der Mauer. Ein paar Stare zwitscherten noch in der Kühle eines Mangobaums. Aurel entdeckte ein einziges erleuchtetes Fenster im zweiten Stock. Er glaubte sogar, eine Silhouette zu erkennen, die ihn beobachtete.

Das verhieß nichts Gutes. Er wusste bereits, was auf ihn zukommen würde: Es würde nicht lange dauern, bis der Generalkonsul das leidige Handythema wieder zur Sprache bringen würde. Egal, wohin Aurel auch versetzt wurde, es gehörte zu seiner Strategie des passiven Widerstands, dass er kategorisch den Besitz eines Mobiltelefons verweigerte. Er wusste, dass dieses Gerät, mit dessen Hilfe man ihn jederzeit lokalisieren konnte, ihm keine Möglichkeit ließ, sich der Arbeitsdisziplin zu entziehen. Zwar wäre es bei den laufenden Ermittlungen durchaus von Nutzen, aber er musste die Folgen im Blick haben. Er hatte noch mindestens ein Jahr auf seinem derzeitigen Posten vor sich, und nach der Aufklärung dieses Mordesfalls es jemals so weit kommen sollte – säße er in der Falle ...

Er klopfte an Mortereaus Tür, woraufhin er Schritte und Stühlerücken vernahm. Der Generalkonsul war wohl zu seinem Platz hinter dem Schreibtisch zurückgelaufen.

»Ah, da sind Sie ja endlich. Sie müssen sich unbedingt ein Mobiltelefon zulegen.«

Aurel setzte sogleich eine bedauernde Miene auf.

»Monsieur le Consul Général, Sie wissen ja bereits, dass mir die Ärzte die Nutzung eines Mobiltelefons ausdrücklich verboten haben. Ich habe Ihnen doch von diesem Tumor in meinem Innenohr erzählt, der mir als kleines Kind in Rumänien operativ entfernt wurde ...«

»Hmmm ... Versuchen Sie, auf jeden Fall Bescheid zu geben, wo genau Sie sich befinden, und seien Sie stets in irgendeiner Form erreichbar.«

Aurel nickte zustimmend.

»Ich habe übrigens den Innenminister getroffen«, verkündete Mortereau. »Er rief in meinem Beisein den Kollegen vom Justizministerium an.«

»Und?«

»Nun, es sieht sehr schlecht aus für Madame Béliot.«

»Für welche?«

»Für Françoise natürlich. Die Ermittlungen der Mosambikaner sind so gut wie abgeschlossen. Sie verfügen hier praktisch über keine Kriminaltechniker: Es gibt nur eine wenig aussagekräftige Autopsie, ein paar Fingerabdrücke, weder DNA-Spuren noch eine toxikologische Analyse.«

»Mittelalterlich«, kommentierte Aurel ironisch, um gut dazustehen.

»Genau so ist es. Vor diesem Hintergrund scheint die Lösung des Falls einfach zu sein. Françoise Béliot, die mit ihrem Ex-Mann allein im Hotel war, hat dem Wachmann, so wie jeden Abend, eine Suppe gebracht – nur dass dieses Mal ein Schlafmittel beigemischt war, was erklären würde, warum der Mann nichts gehört hat.«

»Aber eigentlich hat doch *sie* Schlaftabletten genommen!«

»Ich erzähle Ihnen doch nur, zu welchem Schluss die Polizei gekommen ist. Dann ging sie in Béliots Zimmer und bedrohte ihn, um ihn zur Unterzeichnung eines Schriftstücks zu zwingen, in dem er ihre Ansprüche auf die Hälfte des Hotels anerkannte.«

»Ach ja? Haben die dieses ominöse Schriftstück denn je gefunden?«

»Nein, aber anscheinend war Françoise klar geworden, dass das Verfahren nicht zu ihren Gunsten ausgehen würde. Sie soll sich bei jemandem damit gebrüstet haben, dass sie vor Prozessbeginn ein Schriftstück von Béliot bekommen würde, in dem er ihre Forderung anerkennt. Sie soll sogar noch hinzugefügt haben, dass sie sich sicher sei, ihre Ansprüche ›aus freien Stücken oder mit Gewalt‹ geltend machen zu können.«

»Und das soll Béliot unterschrieben haben?«

»Wahrscheinlich nicht. Deshalb ist die Diskussion vermutlich aus dem Ruder gelaufen, woraufhin sie ihn gefesselt, gefoltert und schließlich in den Pool geworfen haben soll.«

Sie sahen einander schweigend an. Durch das geöffnete Fenster hörte man, wie die diensthabenden, an ihren Wagen lehnenden Chauffeure bei einer Zigarette ein Schwätzchen hielten.

»Glauben Sie das?«, fragte Mortereau.

»Ich weiß nicht recht. Sie sagen mir doch gerade, dass sich die Polizei in diesem Fall ihrer Sache sicher zu sein scheint.«

Aurel ging bei seinen Ermittlungen nie bewusst logisch oder methodisch vor. Er sog vielmehr sämtliche Eindrücke von den beteiligten Personen und Orten in sich auf und ließ sich dann von seiner Intuition leiten. Aber Mortereau – hochbegeistert, Sherlock Holmes spielen zu dürfen – wollte ihn unbedingt auf den Pfad der rationalen Schlussfolgerungen und Hypothesen führen.

»Lassen Sie uns nachdenken«, sagte Mortereau oberlehrerhaft. »Mit Béliots Tod fallen seine Besitztümer an seine Nachkommen, also an Fatoumatas Sohn und an Françoises' Kinder. Er wollte ihre Forderung nicht anerkennen. Indem Françoise ihn tötete, setzte sie diese Verteilung zugunsten der nachfolgenden Generation, der Kinder, in Gang. Sie würden bekommen, was er ihr vorenthalten hatte. Das könnte das Motiv sein.«

»Aber laut Françoise hätte Béliot ausschließlich eine Schenkung zugunsten seines Sohnes David vorgenommen: Und das wurde mir auch von anderer Seite bestätigt.«

Aurel biss sich auf die Lippen. Diesen Satz hatte er leichtfertig geäußert. Womöglich musste er nun preisgeben, dass er mit Maître Bartolomeo gesprochen hatte, ohne dem Generalkonsul davon berichtet zu haben. Doch glücklicherweise war dieser zu sehr mit seinen eigenen Schlussfolgerungen beschäftigt, um darauf zu reagieren.

»Das mag ja sein«, hielt Mortereau dagegen, »aber wo ist dieses Schriftstück?«

»Ich weiß es nicht. Fatoumata behauptet, es sei nie in ihrem Besitz gewesen, was vermutlich stimmt, sonst hätte sie es schnellstmöglich vorgelegt.«

Eine Weile lang herrschte Schweigen. Beide Männer hatten den Blick ins Leere gerichtet und dachten angestrengt nach.

»Vielleicht hatte Béliot es bei sich?«, überlegte Aurel laut.

»Um sicherzugehen, dass der Junge zum Arbeiten wieder ins Hotel kommt und um ihn ruhig zu halten.«

Der Generalkonsul richtete sich auf und reckte seinen Hals dabei neugierig wie ein Erdmännchen in der Wüste. Seine nach rechts und links wandernden Augen suchten das Halbdunkel ab und blieben schließlich an Aurel hängen.

»Der Diebstahl!«

»Wie bitte?«

»Der Diebstahl«, wiederholte Mortereau. »Der aufgebrochene kleine Safe! Wenn das, was Sie sagen, stimmt, dann ist es Françoise vielleicht nicht gelungen, Béliot ein Schriftstück zu ihrem Vorteil abzuringen, aber sie hätte ihm zumindest den Ort entlocken können, an dem er das Testament zugunsten von Fatoumatas Sohn aufbewahrte. Sie hätte den Safe öffnen und es an sich nehmen können. Das ergibt doch Sinn. Ich glaube allmählich, die Mosambikaner haben recht, sie zu beschuldigen.«

Obwohl Aurel nichts lieber getan hätte, als seinem Vorgesetzten nach dem Mund zu reden, und den Drang verspürte, endlich nach Hause zu gehen und dort ein kühles Glas Weißwein zu trinken, fiel es ihm schwer, an Françoises Schuld zu glauben. Mortereaus Schlussfolgerungen schienen ihm ein intellektuelles Konstrukt zu sein. Man konnte, mit etwas Fantasie und ein wenig bösem Willen, durchaus die gegenteilige Meinung vertreten.

»Ich schließe mich Ihren Argumenten voll und ganz an«, brummte er. »Allerdings ...«

»Allerdings was?«, eiferte sich der Generalkonsul wie ein Judoka, der gerade seinen Gegner in Bodenlage gebracht hatte und nun unter den Anwesenden einen Mutigen suchte, der sich traute, ihn herauszufordern.

»Allerdings scheint mir Françoise Béliot nicht die Einzige

zu sein, die Gründe gehabt hätte, ihren Mann loswerden zu wollen ...«

Aurel bedauerte diesen Kommentar sofort, weil er bewirkte, dass Mortereau seine Mutmaßungen auf andere Beteiligte in diesem Drama auszuweiten begann.

»Natürlich ist Françoise nicht die einzige Verdächtige. Ich weiß nicht, was Sie von seiner mosambikanischen Ehefrau halten, aber sie war sicherlich nicht sehr erfreut über die bevorstehende Geburt eines weiteren Kindes.«

Mortereau legte grübelnd das Kinn auf seine Hand – eine Geste, die er sich bei berühmten Ermittlern abgeschaut hatte. Aurel hätte schwören können, dass er in diesem Moment davon träumte, Pfeife zu rauchen.

»Die Situation«, fuhr er fort, »wäre anders, wenn – wie Sie behaupten – Béliot ein Testament zugunsten seines Sohnes gemacht hätte. Da niemand dieses Schriftstück je zu Gesicht bekommen hat, müssen wir Fatoumata auf die Liste der Verdächtigen setzen, obwohl ich, ehrlich gesagt, nicht daran glaube.«

Mortereau betrachtete seinen Untergebenen mit einem spitzfindigen Lächeln. Das kommunistische Regime hatte Aurel schon recht früh gelehrt, auf eine solche Mimik mit einem ehrerbietigen und übertrieben bewundernden Gesichtsausdruck zu reagieren.

»Was die junge Lebensgefährtin betrifft«, rief Mortereau und stand auf, um sich bereitwillig auf diese unbedeutende Nebendarstellerin zu stürzen, »so ist nicht zu erkennen, was es ihr bringen sollte, ausgerechnet ihren Wohltäter auszuschalten, vor allem nicht zwei Monate vor der Geburt ihres Babys. Wenn sie eine Chance hatte, ihren Teil vom Kuchen abzubekommen, dann, indem sie sich ihre Mutterschaft geschickt zunutze machte.«

Der Generalkonsul, Vater von drei kleinen Söhnen, redete mit der selbstbewussten Autorität eines Mannes, der weiß, wovon er spricht. Aurel war kinderlos und vage verheiratet – was wusste man schon von seiner Frau, außer dass sie in Paris lebte? In den Augen seines Chefs war er nicht in der Lage, einen Fall zu meistern, dessen Psychologie in die unergründlichen Tiefen der Geschlechter- und Generationenverhältnisse eintauchte.

Um den Monolog zu beenden, setzte Aurel die erschöpfte Miene eines Mannes auf, der gerade eine ordentliche Abreibung kassiert hatte.

Nach diesem Knock-out läutete Mortereau das Ende des Kampfes ein und ließ seinen Stellvertreter nach Hause gehen, damit er sich erholte.

VIII

Anders als an den vorherigen Tagen war es noch relativ früh, als Aurel nach Hause kam. Seit er sich mit dem Fall beschäftigte, hatte er keinen Abend mehr so verbracht, wie er es liebte. Von Natur aus war er ein Nachtmensch. In seiner Jugend hatte er es sich zur Gewohnheit gemacht, bis in die frühen Morgenstunden in den Studentenkneipen von Bukarest abzuhängen. Dort herrschte Freiheit beziehungsweise das, was davon noch übrig geblieben war. Seine Vorliebe für die Nacht war nicht ganz unschuldig daran, dass er sich dem Jazz zugewandt hatte. Zu Hause, vor den Augen seiner Eltern, präsentierte er das klassische Repertoire. Doch sobald er unterwegs war, spielte er, in eine Rauchwolke gehüllt, Songs, die die Leute hören wollten, und unterhielt sie so stundenlang. Nach seiner Ankunft in Frankreich hatte er damit sogar zeitweise seinen Lebensunterhalt verdient. Und auch nach seinem Wechsel in den diplomatischen Dienst hatte er die Angewohnheit beibehalten, abends lange aufzubleiben und spät aufzustehen. Sie war ein wesentlicher Grund dafür, dass er jeglichen beruflichen Zwang ablehnte.

Die Nacht eignete sich besonders gut für einsame Träumereien, die den Ermittlungen zuträglich waren. Sämtliche Rätsel hatte er stets, umgeben von Stille und Dunkelheit, in der schlafenden Stadt und in diesen ruhigen Stunden gelöst. Millionen von träumenden Menschen verleihen der Stille eine besondere Qualität, die bestens zum Nachdenken geeignet ist. Träumerische Visionen erweckten in ihm alle Personen, die an dem Drama beteiligt waren, zum Leben. Konventionelle Ermittler, ganz zu schweigen von diesem Trottel Mortereau, arbeiteten mit Deduktion und Logik, Aurel hingegen überließ sich exzessiven Fantasien, bis sich irgendwann ein Licht, ein Blitz, manchmal auch nur ein schwacher Schimmer zeigte. Und um einen solchen Zustand der Träumerei zu erreichen, gab es kein besseres Mittel als die Musik.

Als er vom Konsulat zurückkam, duschte er schnell und schlüpfte in ein indisches Gewand, das er während eines Zwischenstopps am Flughafen von Mumbai gekauft hatte. Dann setzte er sich mit einem großen Glas Weißwein ans Klavier.

Die Wahl der ersten Stücke überließ er stets seinem Unterbewusstsein. Doch heute Abend war die Suche nach Inspiration langwierig. Eine Weile lang saß er mit geschlossenen Augen an seinem Piano. Dann öffnete er den Deckel. Er lächelte, als er auf dem wertvollen Holz die Spuren sah, die von den Fingern eines seiner früheren Opfer stammten ...

Doch noch immer fiel ihm kein Stück ein. Er streckte den Arm aus und legte die rechte Hand auf die Tasten. Wie eine Katze, die irgendwie immer auf den Pfoten landet, schlugen seine Finger einen Akkord an. Es folgte ein weiterer, dann ein dritter und ein vierter. Nach einer Weile erkannte er, dass seine Hand eine Transkription für Klavier des Songs »Yesterday« spielte. Er nahm die zweite Hand dazu und begann zu singen.

Es war die Welt der Sechzigerjahre, von der er stets geträumt hatte, als er in seiner Heimat Rumänien abgeschottet gewesen war. Dann spielte er Jazz-Variationen zum Thema des Songs und griff dabei nach seinem Glas, das er in einem Zug leerte, ohne sich zu unterbrechen. Wie immer bei Beatles-Titeln kamen ihm schnell die Tränen, ohne dass er gewusst hätte, warum. Er war diesen Jungs unglaublich dankbar, weil sie ihm geholfen hatten, während der Diktatur nicht die Hoffnung zu verlieren. Er lächelte, als er sich ihr gut gekämmtes Haar, die schmalen Krawatten und die engen Hosen vor Augen rief.

Plötzlich überkam ihn – so wie jedes Mal, wenn das Wunder geschah – große Rührung: Er sah neben den Beatles eine fünfte Person auf der Bühne. Sie spielte kein Instrument, aber klatschte und tanzte, ohne sich groß um den Takt zu scheren.

»Hallo Roger«, murmelte Aurel und schloss die Augen.

Der fünfte Mann wiegte sich zur Musik. Er lächelte, und die Mädchen vor der Bühne kreischten bei seinem Anblick. Es handelte sich um Roger Béliot, doch er sah ganz anders aus als der alte Mann, den Aurel im Hotel gesehen hatte – mit einer Frisur wie die Beatles und einem umwerfenden Lächeln. Und doch erkannte er ihn auf der Stelle. Er nahm den Refrain wieder auf, spielte kraftvoller und etwas schneller, um Roger anzustacheln, sich hemmungslos zu bewegen. Er war jetzt ins Rampenlicht getreten, so als wolle er singen, die Beatles bildeten im Hintergrund ein kleines Orchester, das ihn begleitete.

Plötzlich fiel es Aurel wieder ein. Dieses Gesicht war nicht seiner Fantasie entsprungen. Er hatte es irgendwo schon einmal gesehen und darum auch sofort wiedererkannt. Und dann erinnerte er sich, dass er in Béliots Zimmer einen kurzen Blick auf eine Schwarz-Weiß-Fotografie geworfen hatte: Sie zeigte eine Gruppe Jugendlicher, in der Mitte ein Paar, wobei es sich bei der Frau eindeutig um Françoise handelte. Und dadurch gelang es Aurel, in den Zügen des jungen Mannes auch eine gewisse Ähnlichkeit mit dem faltigen Gesicht des alten Béliot auszumachen.

Aurel ließ sich wieder von der Melodie tragen und konzentrierte sich auf seine Vision. Béliot war von der Bühne gestiegen und tanzte jetzt inmitten der entflammten Mädchen. Es waren Weiße und Schwarze, sehr Junge und etwas Ältere. Sie näherten sich ihm und berührten ihn. Er zog sie an sich und küsste sie.

Die Szene dauerte lange, und Aurel hatte, ohne es zu bemerken, ein neues Stück begonnen. Es war ein französischer Hit aus den Siebzigerjahren. Béliot war jetzt in der Menge eingekesselt und tanzte einen Slow. Bei jeder Drehung wechselte er die Partnerin. Aurel erkannte Françoise, Fatoumata, Lucrecia und andere.

Langsam verflog die Vision, Béliot und die flüchtigen Paare, die er mit den Frauen bildete, verschwanden in der tanzenden Menschenmenge.

Aurel hörte auf zu spielen, und die Erregung, die er empfunden hatte, ließ plötzlich nach. Er fühlte sich leer und erschöpft, und er fröstelte. Also ging er ins Bad und zog einen ausgefransten marineblauen Bademantel an. Dann schenkte er sich noch ein Glas Wein ein und sank aufs Sofa.

Er dachte über die Vision nach und versuchte, sie zu interpretieren, indem er sie mit seinen Eindrücken von den Befragungen der drei Frauen abglich. Alles war konfus, nahezu undeutbar. Die erste Flasche Weißwein war schon geleert. Er holte eine andere aus einem der Küchenschränke. Als er die Tür öffnete, sah er eine Maus vorbeihuschen, die keine Reaktion bei ihm hervorrief.

Sobald er wieder auf dem Sofa lag, spürte er die Wirkung des Alkohols. Nur eine ganz bestimmte Menge Tokajer versetzte seinen Geist in den Zustand zwischen Schlafen und Wachen: minimale Klarheit, maximaler Weitblick.

Eine Weile lang ließ er seinen Geist umherwandern. Dann richtete er sich plötzlich auf. Ihm war etwas klar geworden, das er zu formulieren versuchte. Wie immer lagen sein Notizbuch und ein Stift auf dem Couchtisch. Aurel wusste, dass er seine Intuition in Worte fassen musste, weil er sich sonst nach dem Erwachen erfolglos an sie zu erinnern versuchen würde.

Er schrieb ganz automatisch. »Als wenn ein Engel es mir diktieren würde«, dachte er.

»Béliot wird geliebt.«

Dann nickte er wieder ein.

Als er aufwachte, war es draußen noch dunkel. Schwer zu sagen, wie lange er so vor sich hingedöst hatte. Er ging ins Bad und wusch sein Gesicht mit Wasser. Zurück im Wohnzimmer, griff er nach dem Notizbuch auf dem Tisch. Er las den Satz, den er notiert hatte.

»Béliot wird geliebt«, wiederholte er.

In der Küche setzte er Wasser für einen türkischen Kaffee auf und überlegte, was er mit diesen Worten hatte sagen wollen. Er erinnerte sich an einige Gedanken, die er in der Nacht gehabt hatte. Was ihm konfus erschienen war, wurde jetzt klar und war eher banal.

Im Gegensatz zu dem Bild, das Béliot von sich zu vermitteln versucht hatte, war er von Liebe umgeben gewesen. Etwas in seinem Wesen zog die Frauen an und weckte ihre Zuneigung. Genau das hatte Aurel gespürt, als er die drei Frauen befragt hatte – sie alle liebten diesen Mann. Sie respektierten ihn und hingen an ihm. Selbst Françoise, die es sich nicht eingestehen wollte und sich als Opfer darstellte, hatte bis zu seinem Tod eine intensive, von Liebe getragene Beziehung zu Béliot, trotz der Wechselfälle des Lebens. Fatoumata äußerte sich nur respektvoll und zärtlich über ihn. Und Lucrecia, die seit ihrem dreizehnten Lebensjahr mit ihm zusammen war, hegte keinerlei Groll gegen ihn, sondern betrauerte ihn aufrichtig.

Dabei hatte keine der drei Frauen im Gegenzug etwas dafür erhalten. Béliot war untreu, ungehobelt und vielleicht sogar gewalttätig. Aurel dachte an einen seiner Cousins in Rumänien, der sich in genau derselben Situation befand. Er tat nichts dafür, liebenswert zu sein, und entfachte dennoch die Zuneigung des weiblichen Geschlechts. Aurel fragte sich im Zuge dessen, ob Männer, die über diese seltsame Gabe verfügten, nicht von Natur aus widerwärtig sein mussten. Um ungebunden zu bleiben, nicht erstickt zu werden und atmen zu können.

Natürlich schließt Liebe kein Verbrechen aus. Verratene, enttäuschte, verletzte Liebe kann tödlich sein. Doch das schien auf die drei Frauen nicht zuzutreffen. Jede von ihnen hatte eine langlebige, dauerhafte und abgeschlossene Beziehung zu Béliot. Sie hatten mit ihm gelebt und ihm Kinder geschenkt. Ihre Zuneigung zu diesem Mann war nicht blind, im Gegenteil, sie kannten ihn in- und auswendig. Sie wussten auch von der Existenz der anderen Frauen. Nichts war im Verborgenen geschehen.

Der Tag brach an. Durch das Küchenfenster sah Aurel, wie sich der Himmel über der Gartenmauer rosig färbte. Und durch das geöffnete Oberlicht strömte allmählich die Wärme herein.

Genau das war der Gedanke, den er zu fassen versucht hatte, während Mortereau sich über die Frage des Erbes ausließ: Er hatte den Eindruck, dass man in die Vergangenheit zurückgehen musste. Und jetzt begriff er, was er damit gemeint hatte. Bevor man über die materiellen Umstände, Interessenkonflikte, das Erbe und andere mögliche Tatmotive nachdachte, musste man sich eine andere Frage stellen: Wäre eine der Frauen fähig gewesen, Béliot zu töten? Für ihn lautete die Antwort zwangsläufig Nein, weil sie ihn alle drei liebten.

Zu diesem Zeitpunkt konnte er seine Schlussfolgerung allerdings mit niemandem teilen, vor allem nicht mit dem Generalkonsul. Auch wenn es nur eine Hypothese war, für Aurel war sie von großer Bedeutung. Er ließ sich stets von seiner Intuition leiten, wenn es ihm gelang, diese so deutlich zu erfassen wie jetzt. Im vorliegenden Fall lenkte seine nächtliche Vision die Ermittlungen in eine ganz andere Richtung. Während er sich ankleidete, dachte er über die Konsequenzen seiner Erkenntnis nach. Die Beisetzung war für neun Uhr angesetzt. Es blieben ihm nur noch knapp zwanzig Minuten, um sich dorthin zu begeben.

IX

Der Friedhof von Maputo war in seiner heutigen Form eine Erfindung der Weißen. Es war spürbar, dass er während des Kolonialismus' seine Blütezeit erlebt hatte. Die schönsten Gräber stammten aus der Zeit zwischen den beiden Weltkriegen: Die Steine waren in Form eines Giebels gemeißelt, die Votivgaben von Azulejos umgaben, und die Namen der Verstorbenen sorgfältig mit Großbuchstaben in Kalligraphie geschrieben.

Tote sind immer einsam, aber diese hier schienen noch verlassener zu sein. Nach der Entkolonialisierung waren fast alle Familien in ihre Heimat heimgekehrt, sodass die Gräber in den meisten Fällen verwildert zurückblieben.

Doch Béliot hatte den Wunsch hinterlassen, genau hier beerdigt zu werden. Die Gruft war neu, und das Grabmal in strahlend weißen Kalkstein geschlagen. All das musste von langer Hand vorbereitet worden sein, vermutlich vom alten Bauleiter höchstpersönlich.

Als Aurel den Friedhof betrat, war der Sarg noch nicht eingetroffen. Er spazierte über die mit Piniennadeln übersäte Allee. Die etwas höher gelegene Stelle war angenehm, weil vom Indischen Ozean eine erfrischende Brise herüberwehte. Zwei große Schirmpinien warfen an diesem von Toten bevölkerten Ort einen übernatürlichen Schatten auf die Lebenden.

Die kleine Gruppe, die vor der geöffneten Gruft wartete, verfolgte Aurels Ankunft. Ausnahmsweise war er dem Anlass entsprechend gekleidet. Der lange, dunkle Mantel, der auf den sonnenverbrannten Straßen der Hauptstadt so unpassend wirkte, verlieh ihm hier eine der Trauer angemessene Eleganz. Dazu trug er eine schwarze Fliege. Überall sonst hätte er damit wie ein Kellner ausgesehen, aber hier kam sie bestens zur Geltung.

Aurel hatte sich ausgemalt, er könne sich diskret hinter einer Pinie verbergen, um die Anwesenden zu beobachten. Doch nach einem solchen Auftritt war es undenkbar, sich zu verstecken. Also entschied er sich kurzerhand, als offizieller Botschaftsvertreter zu agieren. In dieser Funktion ging er auf Fatoumata zu, ergriff ihre weiche Hand und hielt sie ohne jeden Druck in der seinen, ganz so, als handele es sich um ein kleines Tier, das beruhigt werden musste. Er bekundete sein Beileid, indem er einige Worte auf Rumänisch murmelte, um seiner Anteilnahme einen geheimnis- und wirkungsvollen Beiklang zu verleihen. Das erregte so viel Aufsehen, dass sich offenbar niemand nach dem Sinn dieser unverständlichen Formulierungen fragte. Fatoumata antwortete ihm auf Kreolisch. Sie schien ihm aufrichtig dankbar zu sein, dass er ihr Gelegenheit gab, ihren Schmerz in vertrauten Worten ihrer Muttersprache auszudrücken. Dann ergriff Aurel die Hand des jungen David, der seine Mutter untergehakt hatte. Er schien mehr vom Schmerz seiner Mutter betroffen zu sein als vom Tod seines Vaters, dem er kaum ähnelte.

Anschließend nickte Aurel den übrigen Anwesenden zu und stellte sich neben das Grabmal, in das schon Roger Béliots Name und sein Geburtsdatum eingemeißelt waren. Er hatte wirklich an alles gedacht. Nur das Datum seines Todes musste noch eingraviert werden.

Der Katafalk ließ eine Weile auf sich warten. Aurel nutzte die Zeit, um die Trauergemeinde aufmerksam zu mustern. Er erkannte den Wachmann des Hotels sowie zwei Afrikaner, die eine gewisse Ähnlichkeit mit Fatoumata besaßen und wohl Verwandte waren. Zur Rechten der Witwe stand ein Schwarzer reifen Alters, korpulent und würdevoll, mit fast weißem Haar. Die leicht hängenden Mundwinkel und die von schweren Lidern halb bedeckten Augen ließen ihn schläfrig wirken. Das Gesicht des Mannes war ausdruckslos, sodass Aurel den unangenehmen Eindruck hatte, er sei für jegliches Leid unempfänglich, vor allem aber für Mitleid. Er trug einen leichten marineblauen Anzug und eine granatfarbene Krawatte. An seinem Revers war die Knopflochrosette der mosambikanischen Befreiungsbewegung befestigt. Ohne ihm je begegnet zu sein, vermutete Aurel, dass es sich um den ehemaligen Polizeichef handelte, der Fatoumata sehr nahestand. Neben ihm ein kleiner Mann, der trotz seiner offensichtlichen Bemühungen schlecht gekleidet war und von einem Fuß auf den anderen trat. Sein kariertes Hemd war bis obenhin zugeknöpft und sein schütteres blondes Haar ordentlich gekämmt. Es war schwer, sein Alter zu schätzen. Er war abgemagert und von starkem Alkoholkonsum gezeichnet. Seine slawischen Züge fielen Aurel sofort auf, denn im kommunistischen Rumänien hatte er gelernt, die Vertreter des großen sowjetischen Bruders auszumachen. Er nahm an, dass es sich um besagten Piotr handeln musste, von dem Lucrecia gesprochen hatte.

Hinter ihm standen zwei Männer in Buschkleidung. Die beiden hatten es offenbar nicht für nötig gehalten, sich den Umständen entsprechend zu kleiden. Sie trugen Tuchhosen und khakifarbene Safarijacken, als wären sie in der Savanne unterwegs. Einer von ihnen hielt einen von Sonne und Regen gezeichneten Stetson in der Hand. Mehr Trauergäste waren nicht anwesend – sehr wenige für einen Mann, der so viele Jahre an diesem Ort verbracht hatte.

Der Leichenwagen holperte heran und hielt vor dem Tor. Es war ein alter Mercedeskombi, der zum Transport von Särgen umgebaut worden war. Die Stoßdämpfer waren schon lange defekt, doch der Passagier war ja nicht mehr in der Lage, sich darüber zu beklagen.

Sechs Männer in zerknitterten dunklen Anzügen traten heran und machten sich an dem Sarg zu schaffen. Die Trauergäste beobachteten die Szene regungslos aus der Ferne. Inzwischen wurden nur noch selten ausländische Einwohner der Stadt beigesetzt. Das Bestattungsinstitut schien für diesen besonderen Anlass zusätzliche Anstrengungen unternommen zu haben. Man hatte Aushilfskräfte eingestellt, die offensichtlich nicht an diese Arbeit gewöhnt waren und herumhampelten, ohne zu wissen, wie sie den Sarg tragen sollten. Ein alter Leichenbestatter versuchte, etwas Ordnung in den Ablauf zu bringen. Er rief auf Portugiesisch Anweisungen, die jedoch nur noch mehr Verwirrung stifteten. Schließlich schulterten vier der Männer den Sarg, die beiden anderen liefen hinterher. Es ereignete sich ein weiterer peinlicher Moment, als die Träger die Mitte der zentralen Allee erreichten und über eine steinige Schwelle stolperten. Glücklicherweise konnten sie sich gerade noch fangen, sodass der Sarg nicht herunterfiel. Das war ein Glück, denn trotz der aufgesetzten Zierleisten und der pompösen Messinggriffe schien er nicht sehr stabil.

Aurel hatte all das aufmerksam beobachtet, dabei aber das Eingangstor des Friedhofs nicht aus den Augen gelassen. Denn eine Person fehlte. Er hatte die Umgebung mit den Augen abgesucht, um zu sehen, ob sich jemand hinter einem der Grabsteine versteckte. Aber er hatte Lucrecia nirgendwo entdeckt, und das kam ihm seltsam vor. Selbst wenn sie bei dieser Zeremonie, über die Fatoumata majestätisch herrschte, nicht willkommen war, konnte Aurel sich nicht vorstellen, dass sie darauf verzichten würde zu kommen. Und tatsächlich, während er das Pantomimentheater der Sargträger beobachtete, sah er, wie sie sich dem Tor näherte. Sie verbarg sich hinter einem Pinienstamm, von wo aus sie abseits der Trauergemeinde Blick auf das Grab hatte.

Die Versammelten hatten ihre Ankunft nicht bemerkt, doch dann folgte ein zweiter Auftritt, der die Aufmerksamkeit aller erregte.

Während die Träger mühsam den Sarg absetzten und die Gurte anbrachten, um ihn in die Gruft hinabzulassen, hielt ein schwarzes, offiziell anmutendes Auto hinter dem Leichenwagen. Eine europäische Frau öffnete die hintere Tür und stieg aus. Sie trug ein tailliertes Sommerkleid aus bedrucktem Stoff in leuchtenden Farben. Sie war hochgewachsen, und ihr blondes Haar war offensichtlich gefärbt, auch wenn es natürlich wirken sollte. Es bildete einen starken Kontrast zu ihrem gebräunten Gesicht, das von jahrelanger Sonneneinwirkung faltig geworden war. Statt ihr Jugendlichkeit zu verleihen, betonte das Blond vielmehr die Spuren der Zeit an Mund, Augenlidern und Hals. Daran vermochten auch Mascara und Lippenstift, beides üppig aufgetragen, nichts zu ändern – ganz im Gegenteil. Doch statt sich von diesen Zeichen des Alters deprimieren zu lassen, schien die Frau sie voller Stolz zu tragen wie Trophäen, die sie dem Leben abgerungen hatte.

In ihrer Haltung, ihrem Ausdruck, ihren Bewegungen lag eine Erhabenheit, eine Selbstbeherrschung, Aurel hätte fast gesagt, eine *Souveränität*, die niemandem unter den Anwesenden entging.

Die Frau lief vorsichtig die Allee hinauf, aufmerksam darauf bedacht, mit ihren Absätzen nicht zu straucheln. Aurel beobachtete ihre Eleganz und ihre Vornehmheit. Nichts bereitete ihm so viel Freude, wie eine Frau zu bewundern. Von jeher war er eher auf der Suche nach diesem Gefühl als nach Verlangen oder Liebe. Er war zwar zu den schlimmsten Formen passiven Widerstands fähig, um jegliche Arbeit zu verweigern, er hatte der Polizeidiktatur getrotzt und fürchtete sich vor nichts, doch wenn eine Frau, die er bewunderte, es von ihm verlangen würde, wäre er bereit, seinen Willen aufzugeben und sich all ihren Ansprüchen zu unterwerfen.

Während er mit offenem Mund dieses Wesen, das immer näher kam, betrachtete, verrieten die Gesichter der Trauergemeinde etwas ganz anderes. Offenbar hatten alle den gleichen Gedanken: »Noch eine Frau von Béliot!« Die Sargträger, die der Szene beiwohnten, unterbrachen ihre Arbeit und warteten.

Als die Frau das Grab und die Anwesenden erreicht hatte, trat sie zu Fatoumata und beugte sich vor, um ihr etwas ins Ohr zu raunen. Niemand konnte hören, was sie sagte, doch das Gesicht der Witwe entspannte sich, und über ihre Lippen huschte sogar ein Lächeln.

Die Nervosität ließ nach. Die Frau stellte sich zu den anderen, und die Träger hoben den Sarg an, um ihn hinabzulassen.

Erst jetzt fiel Aurel auf, dass es keinen Priester gab, der die Zeremonie leitete. Jeder folgte offenbar seinem Glauben. Als der Leichnam in der Gruft ruhte, trat Fatoumata an das Grab und gedachte mit einem langen Schweigen des Toten. Dann folgten die anderen und murmelten Floskeln, deren Sprache und Sinn nicht klar waren und die gelegentlich von einem Kreuzzeichen begleitet wurden. Als Aurel an der Reihe war, rezitierte er mit leiser Stimme ein Totengebet auf Jiddisch. Er warf sich vor, bestimmte Worte falsch auszusprechen, so als könne ihn sein Großvater von dort, wo er jetzt war, sehen und die Stirn runzeln. Der Form halber, und weil auch das zu seiner Kultur gehörte, bekreuzigte er sich anschließend nach orthodoxem Brauch mit drei Fingern.

Nach diesen Segenswünschen löste sich die kleine Gruppe auf. Aurel beobachtete, dass die Unbekannte am Tor eine Weile mit Fatoumata sprach. Dann ging die Witwe, und die anderen folgten ihr. Nur die unbekannte Frau kam über die Allee zurück zu Aurel.

»Entschuldigen Sie, Monsieur. Man hat mir gesagt, dass Sie das Konsulat vertreten.«

»So ist es, Madame«, erwiderte Aurel leicht verwirrt. »Ich vertrete Monsieur le Consul Général.«

»Den französischen Generalkonsul?«

Die Frage sagte ihm, dass ihm sein Akzent wieder einmal in die Quere gekommen war. Normalerweise hatte er ihn bei neuen Bekanntschaften recht gut unter Kontrolle. Aber hier hatte er vor lauter Aufregung nicht aufgepasst und war in seine Karpaten-Ausdrucksweise verfallen.

»Ja, Madame, ich bin entgegen allem Anschein Konsul von Frankreich. Mein Name ist Aurel Timescu.«

Eigentlich wollte er ein kleines ironisches Lächeln hinzufügen, doch das blieb ihm im Hals stecken.

»Ich bin Nicole Ramoglio. Mein Mann ist Generaldirektor der Firma CORESPA. Vielleicht sagt Ihnen der Name etwas?«

Das größte französische Hoch- und Tiefbauunternehmen und eines der bekanntesten Europas, das in fünf Kontinenten vertreten war. Das »vielleicht« war Ausdruck extremer Bescheidenheit oder, im Gegenteil, eine grobe Beleidigung. Aurel zog die erste Hypothese vor.

»Natürlich, Madame, aber ich erinnere mich nicht, Ihrem Namen im Konsularregister begegnet zu sein. Sie wohnen nicht hier, sind Sie im Urlaub?«

»Ich bin extra angereist. Ich lebe auf La Réunion.«

»Kannten Sie Roger Béliot gut?«

»Das ist eine lange Geschichte, Monsieur Timescu. Und dies ist nicht der geeignete Ort, um darüber zu sprechen.«

Die Sargträger packten laut diskutierend ihr Material zusammen.

»Können wir uns unter vier Augen treffen? Ich wohne im Hotel Radisson Blu.«

»Sehr gerne.«

»Passt Ihnen sechzehn Uhr?«

Aurel nickte.

»Dann erwarte ich Sie.«

Sie reichte ihm die Hand. Und ungeachtet der Etikette an einem solchen Ort, gab er ihr einen Handkuss.

Aber das war nicht genug. Vor einer solchen Frau hätte er gerne ein Knie auf den Boden gesetzt und die Hände auf sein Herz gelegt.

Er sah ihr nach und brauchte eine Weile, um sich wieder zu fassen. Dann erinnerte er sich, dass er noch mit Lucrecia sprechen wollte, um ihr einige Fragen zu stellen. Er suchte überall auf dem Friedhof nach ihr, aber sie war schon gegangen.

Um sich zur Beerdigung zu begeben, hatte Mortereau Aurel seinen eigenen Dienstwagen mit Chauffeur zur Verfügung gestellt. Dieser hatte das als großzügige Geste aufgefasst. Doch als er zu dem langen dunkelblauen Citroën, der am Friedhofseingang wartete, zurückkehrte, erkannte er, dass die Absicht des Generalkonsuls nicht ganz so uneigennützig gewesen war, wie er angenommen hatte. Indem er ihm seinen Wagen überließ, überließ er ihm auch das Mobiltelefon des Chauffeurs, womit Aurel erreichbar war. Kaum hatte er die Tür geöffnet, reichte es ihm der Fahrer.

»Monsieur le Consul Général möchte Sie sprechen.«

Aurel verzog das Gesicht. Dieser Anruf durchkreuzte seine Pläne. Im Geiste hatte er seinen Tag ohne Mortereau geplant. Und schon hatte er ihn wieder am Hals!

»Ging auf der Beerdigung alles gut?«

»Keine Zwischenfälle.«

»Viele Leute?«

»Ungefähr ein Dutzend.«

»Ich nehme an, alle stadtbekannt?«

»Die meisten. Aber es waren auch zwei Buschmänner dabei und ein Typ, den man überhaupt noch nicht gesehen hat, dieser Piotr, der bei Béliot der Mann für alles war.«

Aurel fragte sich, ob er Madame Ramoglio erwähnen sollte. Aber er konnte sicher sein, dass Mortereau aufschlagen würde, sobald er diesen bekannten Namen hörte. Also entschied er sich dazu, nichts zu sagen.

»Ich hingegen«, erklärte der Generalkonsul, »muss Sie bitten, mich zu entschuldigen. Eigentlich hatte ich vor, zu Ihnen zu kommen, damit wir die Ermittlungen gemeinsam fortsetzen können. Aber leider gab es einen Zwischenfall bei den Umweltschützern, und ich kann sie nicht allein lassen.«

»Einen schlimmen Zwischenfall?«

»Nein, aber eine Sache, die nur hier passieren kann. Stellen Sie sich vor, die Stoßzähne sind unauffindbar.«

Aurel war nicht ganz bei der Sache. Seine Gedanken kreisten um die Beerdigung und um das, was er dort beobachtet hatte.

»Entschuldigen Sie bitte, welche Stoßzähne?«

»Die Umweltschützer sind gekommen, um der Zerstörung von zweitausend bei Wilderern beschlagnahmten Elefantenstoßzähnen beizuwohnen.«

»Ah, ja richtig, die Stoßzähne! Und jetzt sind sie verschwunden?«

»Als wir beim Zolllager ankamen, war es leer. Kein einziger Stoßzahn mehr da. Sie hätten mal die Gesichter der Umweltschützer sehen sollen!«

»Wurde denn das Elfenbein nicht bewacht?«

»Doch, natürlich, und zwar sehr streng. Das Lager ist ein richtiger Tresor, er wurde mit finanziellen Mitteln der Vereinten Nationen errichtet. Tag und Nacht steht ein Wachmann vor der Tür, und außerdem befindet es sich auf dem Gelände der Oberzolldirektion.«

»Glauben Sie, es handelt sich um einen Einbruch?«

»Es ist zu früh, um das zu sagen. Alles, was ich weiß, ist, dass es ein Riesenspektakel geben wird, wenn man die Stoßzähne nicht wiederfindet. Das Land hat in den letzten zehn Jahren viel Geld bekommen, weil es als Vorbild im Kampf gegen Wilderei gilt.«

»Und was haben Ihre Umweltschützer jetzt vor?«

»Für den Moment hat man ihnen erzählt, die Stoßzähne seien ausgelagert worden. Ich kenne die Mosambikaner, sie werden sie hinhalten. Und wenn die Dinge schlecht laufen, werden sie die Umweltschützer einschüchtern, damit sie den Mund halten. Ich muss bei ihnen bleiben. Tut mir leid, mein Lieber, aber Sie müssen die Nachforschungen allein fortsetzen.«

Aurel setzte eine betrübte Miene auf, die nichts nutzte, schließlich war er am Telefon. Aber sie half ihm dabei, seiner Stimme einen enttäuschten Klang zu verleihen.

»Wie schade.«

»Nicht so schlimm, ich unterstütze Sie moralisch. Sie schaffen das schon.«

»Auf alle Fälle halte ich Sie zeitnah auf dem Laufenden, sobald ich etwas Neues erfahre.«

Und um dieses Versprechen sofort umzusetzen, sagte er nichts von seiner Verabredung mit besagter Madame Ramoglio ...

#

»Aurel Timescu?«
»Am Apparat.«
»Sie sind wirklich schwer zu erreichen. Hier spricht Bartolomeo.«
»Bonjour Maître. Ich bin nicht oft in meinem Büro. Ehrlich gesagt, haben Sie heute Morgen Glück ...«
»Ich habe Neuigkeiten im Hinblick auf die Fragen zu Béliot, die Sie mir gestellt haben.«
»Danke, vielen Dank.«
»Also ich habe den Namen des Kollegen herausgefunden, der die Klage seiner ersten Ehefrau vertritt.«
»Hippolyte Bakasso.«
»Das wussten Sie schon? Sie hätten es mir sagen können, das hätte mir viel Zeit erspart ...«
»Ich habe es erst nach unserem Telefonat erfahren ...«
»Egal, das ist nicht das Wichtigste.«
»Ich höre, Maître.«
Bartolomeo räusperte sich. Aurel stellte sich vor, wie er zusammengesunken in seinem großen Sessel saß, und glaubte zu hören, wie er in seinen Papierkorb spuckte.
»Es ist, wie ich vermutet habe. Die Klage, um die es geht, ist völlig gegenstandslos. Bei solchen Angelegenheiten bricht der Richter in schallendes Gelächter aus. Françoise Béliot hat nicht den Bruchteil einer Chance, hier irgendetwas zu erreichen. Das musste allen klar gewesen sein, und ihrem Anwalt erst recht.«

»Hat er sie hereingelegt?«

»Er hat seine Arbeit gemacht. Er ist jung und muss sich anstrengen. Eine Französin vertraut ihm einen Fall an, und er verteidigt sie.«

»Indem er ihr erzählt, sie würde gewinnen ...«

»Wie viele Ärzte kennen Sie, die Ihnen sagen: ›Nehmen Sie dieses Medikament, es wird Sie töten.‹?«

Der Anwalt lachte laut auf und applaudierte seinem eigenen Witz. Aurel fühlte sich verpflichtet, ein paar hohe Töne auszustoßen, die als Lachen durchgehen konnten.

»Gut, genug gescherzt«, fuhr Bartolomeo ernst fort. »Dieser Bakasso ist ein kleiner schmieriger Bastard. Aber das muss unter uns bleiben, Timescu. Als Anwalt des Konsulats bin ich Ihnen jedoch die Wahrheit schuldig.«

»Danke.«

»Der Präsident der Anwaltskammer hat ihn im Auge. Hier geht ja so einiges vor sich. Aber bei ihm ist es augenscheinlich, dass er kassiert, verstehen Sie?«

»Absolut.«

Aurel spürte, dass Bartolomeo dem Telefon näher kam, er hörte sein Schnaufen durch den Hörer, und seine Stimme wurde lauter.

»Wenn Sie wollen, erzähle ich Ihnen noch etwas mehr. Bakasso hat sich nicht damit begnügt, sich von der Französin bezahlen zu lassen. Er hat auf beiden Seiten Geld eingestrichen.«

»Wollen Sie damit sagen, dass er die gegnerische Partei kontaktiert hat?«

»Fatoumata. Ganz genau. Ein Doppelagent, wenn Sie verstehen, was ich meine.«

Aurel überlegte eine Weile.

»Ein großer Teil der Schuldvermutungen gegen Françoise

Béliot beruht auf einer Aussage, die ihr Anwalt gegenüber der Polizei abgegeben hat.«

»In Bezug auf was?«

»Er hat erzählt, er habe ihr schlussendlich mitgeteilt, dass das Verfahren scheitern könne. Daraufhin habe sie erklärt, sie werde alles daransetzen, von Béliot ein Schriftstück zu ihren Gunsten zu erhalten. Die Polizei glaubt, bei dem Versuch, ihm dieses abzuringen, hätte sie ihn getötet.«

Das deckte sich mit dem, was der Innenminister zu Mortereau gesagt hatte. Also hatte Françoises Anwalt sie bei der Polizei belastet. Am anderen Ende der Leitung brach Bartolomeo in schallendes Gelächter aus, das von Hustenanfällen unterbrochen wurde.

»Diese Fatoumata!«

»Denken Sie, dass sie es dem Anwalt erzählt hat?«

»Natürlich! Wenn sie Bakasso, wie ich glaube, bezahlt hat, dann nicht, um von ihm zu hören, dass Françoise ihren Prozess verlieren würde, was sich jeder in Maputo denken konnte.«

»Bakasso soll der Polizei auch gesagt haben, Béliot hätte ein Testament zugunsten seines Sohnes David gemacht, das er bei sich zu Hause aufbewahrte. Das legt nahe, Françoise könnte es, nachdem sie ihren Ex-Mann getötet hat, an sich genommen haben, um es zu vernichten. Das wäre ein zusätzliches Tatmotiv.«

Aurel vernahm am anderen Ende der Leitung ein schrilles Quietschen, gefolgt von einem dumpfen Schlag. Vermutlich hatte sich Bartolomeo von seinem Schreibtischstuhl erhoben und dann die Hände mit Wucht auf die Schreibtischplatte gestützt.

»Ah, da gibt es einen Fehler, den wir aufdecken müssen!«, rief er.

»Warum? Es gab doch ein Testament, das haben Sie mir selbst erzählt.«

»In der Tat hat Béliot ein Schriftstück mit diesem Inhalt unterzeichnet. Aber ich habe mich beim Notariatsgehilfen erkundigt: Dieses Dokument wurde Fatoumata ausgehändigt.«

»Also hatte Fatoumata nichts zu befürchten – weder dass ein anderes Kind ihrem Sohn etwas wegnehmen noch dass Françoise recht bekommen könnte.«

»Sie war rundum abgesichert.«

»Warum hat sie dann Bakasso bestochen, damit er diese Gerüchte verbreitet?«

»Um Françoise die Schuld in die Schuhe zu schieben. Ich denke, es ist Ihnen nicht entgangen, dass die beiden Frauen sich nicht besonders mögen.«

»Und das ist der einzige Grund? Wollte Fatoumata damit nicht vielmehr ihre Beteiligung an dem Mord verbergen?«

Bartolomeo legte die Hand auf die Sprechmuschel, und Aurel hörte, dass er in barschem Ton etwas sagte. Er behandelte sein Personal stets mit unnachgiebiger Strenge. Vermutlich hatte ihn eine Sekretärin unvorsichtigerweise gestört.

»Hören Sie«, fuhr er fort, »meiner Meinung nach bestand für Fatoumata nicht die geringste Veranlassung, das Risiko einzugehen, Béliot umbringen zu lassen. Sie hatte die Situation im Griff und brauchte nur geduldig auf seinen Tod zu warten – der sicher ohnehin bald eingetreten wäre. Jedoch hatte sie Grund genug, Françoise schaden zu wollen, indem sie ihren Anwalt bestach – und zwar einfach deshalb, weil sie sie nicht leiden kann.«

Aurel dachte über diese Einschätzung nach. Bartolomeos Enthüllungen erklärten, warum Françoise im Gefängnis saß, aber sie enthielten keinen Hinweis auf die Identität des Mörders. Wollte man dem Anwalt glauben, gab es zwei Unschuldige, von denen die eine die andere belastete. Doch angesichts der Vehemenz, mit der Bartolomeo seinen letzten Satz vorgetragen hatte, hielt Aurel es für klüger, das Gespräch an dieser Stelle nicht fortzusetzen.

»Ich danke Ihnen, Maître. Nur noch eine letzte Sache.«

»Was?«

»Das mit dem Testament ... Wären Sie bereit, das vor der Polizei auszusagen? Um offiziell zu bestätigen, was Sie mir gerade anvertraut haben – nämlich, dass sich das Papier nicht in Béliots Besitz befand.«

Es war leicht, Bartolomeos Mimik anhand der Geräusche zu erahnen, die seine Worte begleiteten. Aurel vernahm das charakteristische Schmatzen, das typisch für einen Gesichtsausdruck des Anwalts war: Er tat so, als würde er ein Gericht probieren oder einen Wein, den er lange im Mund behielt. Dabei schüttelte er den Kopf, wie um zu sagen: »Der schmeckt mir überhaupt nicht.«

»Hören Sie, Monsieur le Consul, Sie sind nicht von hier, und ich weiß nicht, wie das in Frankreich oder in Ihrer Heimat ist. Aber bei uns kennt in bestimmten Milieus jeder jeden. Da muss man aufpassen. Fatoumata Béliot ist eine einflussreiche Frau, ihre Familie ist adlig. Und noch dazu ist sie eine Freundin. Es steht mir nicht zu, mich in ihre Angelegenheiten einzumischen. Und was den Notariatsgehilfen angeht: Er ist ein einfacher Mann, der sich nicht verteidigen kann und nie ein Wort sagen würde.«

»Aber Sie sind der Anwalt des Konsulats. Es geht darum, eine französische Staatsbürgerin zu retten, die zu Unrecht beschuldigt wird.«

Bartolomeo hörte nicht einmal bis zum Ende des Satzes zu, der ohnehin zu einer Farce geworden war. Und er verbarg sein Gelächter hinter angestrengtem Räuspern.

X

Aurel musste unbedingt mit Lucrecia sprechen. Seit Béliots Beerdigung beschäftigten ihn Fragen, die nur sie beantworten konnte – vorausgesetzt, sie wäre dazu bereit.

Er nahm ein Taxi zur Residenz dos Camarões. Doch der Wachmann erzählte ihm, Lucrecia habe am Vorabend ihre Koffer gepackt und das Hotel verlassen.

»Ich glaube, sie ist bei Schwester.«

»Bei ihrer Schwester? Sie hat eine Schwester?«

»Nein, katholische Schwester. Nonnen.«

»Welcher Orden?«

Der Wachmann ging in sein Häuschen und kam mit einem Blatt Papier zurück.

»Karmelitinnen«, las Aurel, »an der Straße zum Flughafen.«

Er stieg wieder in das Taxi, um sich dorthin bringen zu lassen. Der Fahrer kannte das Kloster jedoch nicht, und weil sie auch keine genaue Adresse hatten, fuhren sie kreuz und quer durch das Viertel und fragten Passanten nach dem Weg. Es handelte sich um ein neues, in den Fünfzigerjahren entstandenes Stadtviertel, in dem es keine Hochhäuser gab. Die Straßen waren von hohen Mauern gesäumt, hinter denen sich prächtige Gärten mit einstöckigen Villen verbargen. Das Tor des Klosters unterschied sich nicht von denen der anderen Häuser, doch als das Taxi hupte, erschien ein Wachmann und bestätigte ihnen, dass sie ihr Ziel erreicht hatten. Aurel ließ sich ankündigen, woraufhin ihn eine afrikanische Nonne, die ein beigefarbenes Habit und eine weiße Flügelhaube trug, abholte. Sie sprach kein Französisch und verstand nur den Namen Lucrecia. Sie führte Aurel durch einen Garten, der fast ebenso üppig war wie der von Béliot, aber naturbelassener und ohne Töpfe und Hängepflanzen auskam. Als sie eine lang gestreckte Veranda erreichten, gab sie ihm zu verstehen, er möge sich auf die Bank setzen und kurz warten.

Der Ort war ruhig, hell und frei von menschlichen Ausdünstungen. Über der Tür hingen ein eisernes Kruzifix und an den Wänden zwei Bilder der Jungfrau Maria mit dem Jesuskind sowie Reproduktionen byzantinischer Ikonen. Auf dem Beistelltisch lagen einige alte Ausgaben des *L'Osservatore Romano*, die über den Vatikan berichteten.

Aurel fühlte sich in solch religiösen und vom Rest der Welt abgesonderten Einrichtungen stets seltsam fremd. Für ihn war Glaube – und da erkannte er den Einfluss des jüdischen Teils seiner Familie – ein Werkzeug, das man innerhalb der Welt benutzen sollte. Einen rein spirituellen Ort zu schaffen, erschien ihm wie eine Art Betrug. Religion sollte die Konfrontation mit dem Leben nicht scheuen. Und das Leben war überall – nicht nur an diesem Ort.

Er schlug den Kragen hoch, als würde ihn bei dem Gedanken daran ein Schauer durchfahren. In diesem Augenblick erschien eine Nonne. Es war eine Europäerin, die ebenso gekleidet war wie die Nonne, die ihn hierhergeführt hatte. Sie war um die sechzig, hatte ein kantiges Gesicht, und ihre blauen Augen blickten wach umher. Es schien, als wollte sie Aurel daran hindern, den leisesten Anflug von Gottlosigkeit vor ihr zu verbergen. Er liebte solche Blicke, die das Gegenüber bis ins tiefste Innere erforschten, die Seele ausloteten und keinen Zweifel an der eigenen Schuld zuließen. Seine masochistischen Züge machten Freudensprünge. Er stellte sich vor und gestand seine rumänische Herkunft, als handele es sich um eine Sünde.

»Ach, das ist ja lustig!«, rief die Nonne auf Französisch, aber mit einem starken slawischen Akzent. »Ich komme aus Moldawien! Mein religiöser Name ist Schwester Marie, aber mein Taufname war Doruta.«

Sie sagte ein paar Sätze auf Rumänisch, auf die Aurel dankbar antwortete, dann wechselten sie wieder ins Französische.

»Ich bin auf der Suche nach einer jungen Mosambikanerin, und mir wurde gesagt, sie sei seit gestern hier bei Ihnen im Konvent.«

»Lucrecia?«

»Genau. Wir stellen Nachforschungen an ... besser gesagt, es handelt sich um eine konsularische Untersuchung zum Tod von Monsieur Béliot.«

Als er den Namen aussprach, dachte Aurel plötzlich an Lucrecias Schwangerschaft und an das, was Françoise ihm über die sexuelle Beziehung des jungen Mädchens zu dem alten Mann erzählt hatte, und war verunsichert. Die Nonne erwies ihm nicht die Gnade, auch nur für einen Augenblick ihren durchdringenden Blick abzuwenden. Er war sich sicher, dass sie alles in seinem Inneren lesen konnte.

»Das stimmt«, bestätigte Schwester Marie de l'Incarnation. »Lucrecia ist seit gestern bei uns und möchte bis zur Entbindung hierbleiben.«

»Meinen Sie, ich könnte sie kurz sprechen?«

»Natürlich. Aber Sie müssen warten, bis sie zurück ist. Das müsste bald sein. Sie ist zur Untersuchung in der Klinik. Nach all der Aufregung ...«

Das war eine Herausforderung für Aurel, die sich schlimm

und zugleich wohlig anfühlte. Er würde allein mit der Nonne sein, ihrem Blick standhalten müssen, ohne ihm entkommen zu können. Und darüber hinaus musste er genügend Energie aufbringen, um ein Gespräch mit ihr zu führen. Solche Umstände schlossen jegliche List und auch die Versuchung aus, sich mit Banalitäten aufzuhalten. Intuitiv begann Aurel, Fragen zu stellen, die ihm auf dem Herzen lagen, denn er war sich sicher, dass die Nonne sie ohnehin schon in seiner Seele gelesen hatte.

»Kennen Sie Lucrecia schon lange?«

»Sie ist im Alter von zwölf Jahren zu uns gekommen. Sie wissen sicher, dass wir ein Mädchenpensionat unterhalten.«

»Nein, das war mir nicht bekannt.«

»Es befindet sich in einem anderen Stadtviertel. Unsere Schwestern kümmern sich dort um Mädchen, die aus ihren Dörfern geflohen sind. Auf dem Land sind die Bedingungen sehr hart für die Kinder, vor allem für Mädchen.«

»Unterrichten Sie sie? Finden Sie Arbeit für sie?«

»Zunächst bringen wir sie in Sicherheit. Diese Kinder werden häufig in der Pubertät oder sogar davor sexuell missbraucht.«

In der Stimme der Nonne schwang ein genereller Vorwurf gegen das männliche Geschlecht mit, und Aurel fühlte sich, selbst wenn er nie solche Taten begangen hatte, mehr denn je schuldig, diesem anzugehören.

»Dann geben wir ihnen die Möglichkeit einer Schulbildung, sofern sie das möchten. Sie sind frei und können in die Stadt gehen, wann immer sie wollen. Wir respektieren ihre Entscheidungen umso mehr, als sie frei getroffen werden. Die Kinder, die bleiben und die Schule besuchen möchten, tun es, andere wollen lieber arbeiten, wieder andere eine Familie gründen.«

»Und Lucrecia?«

»Lucrecia wollte arbeiten. Sie ist nicht intellektuell, eher ein bisschen oberflächlich, wie Sie sicher bemerkt haben. Sie wollte Friseurin werden, und wir haben eine Lehrstelle in einem Friseursalon in der Rue de la Libération für sie gefunden.«
»Und dort hat sie Roger Béliot kennengelernt?«
»Er gehörte zum Kundenkreis.«
Aurel hätte gerne den Blick gesenkt, doch der von Schwester Marie de l'Incarnation war noch immer unnachgiebig auf ihn gerichtet und erlaubte ihm keine solche Schwäche.
»Aber«, hörte er sich wimmern, »sie war doch erst zwölf.«
»Dreizehn. Und sie war frühreif, groß und üppig gebaut.«
»Ja, Schwester, aber mit dreizehn Jahren ...«
»Ich will Ihnen Lucrecias Geschichte nicht im Detail erzählen, Monsieur le Consul. Doch Sie müssen wissen, dass sie schwere Prüfungen durchgestanden hatte, bevor sie zu uns kam. Das Leben hat sie sehr früh für die Gaben zahlen lassen, mit denen die Natur sie beschenkt hat.«
Aurel verstand, was sie sagen wollte: Béliot war nicht der Erste gewesen. Diese Art, die Verantwortung des alten Mannes abzuschwächen, erschien ihm übertrieben barmherzig.
»Ich erlaube mir kein Urteil über das Verhalten dieses Herren, den ich nie kennengelernt habe. Ich erkläre Ihnen nur, welchen Stellenwert diese Beziehung in Lucrecias Leben hatte. Dieser Mann, welche Fehler er auch ansonsten gehabt haben mag, war gut zu ihr und hat sie beschützt. Sie war ihm stets dankbar.«
Diese beängstigende Nonne mit dem göttlichen – oder teuflischen – Blick war der Frage zuvorgekommen, die sich Aurel die ganze Zeit über gestellt hatte: Was verbarg sich hinter der kühlen Gleichgültigkeit, mit der Lucrecia von Béliot sprach? Fühlte sie sich in der Beziehung unterwürfig und unterlegen, erdrückt von seinem Alter und seinem Geld, das sie

abhängig machte – oder war das lediglich Teil ihres phlegmatischen Charakters? Bei der zweiten Hypothese musste man die respekt- und fast zuneigungsvollen Worte, mit denen Lucrecia über Béliot sprach, ernst nehmen und die Idee ausschließen, dass sie ihn töten wollte. Traf der erste Fall zu, konnte man nichts ausschließen. Vielleicht empfand sie einen tief sitzenden, unaussprechlichen Hass gegenüber ihrem »Wohltäter«, der sie im geeigneten Moment zum Mord hätte treiben können. Mit genau dieser Frage war Aurel hierhergekommen.

Und nun hatte ihm Schwester Marie de l'Incarnation in drei Sätzen die Antwort gegeben. Lucrecia hatte Béliot, wenn nicht als ihren Retter, so doch zumindest als jemanden, dem sie viel zu verdanken hatte, angesehen. Mit anderen Worten, die Schwester hatte ihm zu verstehen gegeben, dass Lucrecia Béliot nichts Böses gewollt und vielleicht sogar an ihm gehangen hatte. Und so verneinte sie, die sicher viel über Lucrecia wusste und ihr Vertrauen genoss, wenn nicht gar ihr die Beichte abgenommen hatte, insgeheim den Verdacht, den sie bei Aurel gespürt hatte. Er war erleichtert. Er brachte Lucrecia Sympathie und Vertrauen entgegen und war froh, dass sie beides zu verdienen schien.

Seine Erleichterung war umso größer, als Lucrecia in diesem Augenblick am Gartentor erschien. Sie näherte sich mit dem watschelnden Gang einer Schwangeren der Terrasse.

»Ich lasse Sie allein mit ihr sprechen«, sagte Schwester Marie de l'Incarnation und erhob sich.

Die Nonne wandte sich ab, und Aurel war endlich von ihrem Blick befreit, der ihn geblendet hatte wie ein Scheinwerfer.

»Ach, Sie sind hier, Monsieur le Consul«, stellte sie mit der ihr eigenen Gleichgültigkeit fest. Diese Bemerkung war ebenso emotionslos, als hätte sie gesagt: »Das Wetter ist schön.«

»Ich habe Sie auf der Beerdigung gesucht, aber Sie waren schon verschwunden.«

Sie erwiderte nichts und nahm in einem der Sessel Platz.

»Entschuldigen Sie, aber bei der Hitze ...«

Aurel setzte sich ihr gegenüber.

»Geht es dem Baby gut?«

»Der Arzt sagt, alles sei normal.«

»Wie schön! Ich habe Sie noch gar nicht gefragt, ob es ein Junge oder ein Mädchen wird.«

»Ein Mädchen.«

In dieser Antwort schwang ein Anflug von Begeisterung mit. Aurel dachte, sie müsse sich sicher freuen, bald eine kleine Puppe zu haben, die sie kämmen und anziehen konnte.

»Was werden Sie jetzt machen? Haben Sie etwas Geld?«

»Nein. Roger hat nicht damit gerechnet. Wir haben einfach so gelebt.«

»Aber er war doch krank. Hatte er nichts geplant für den Fall, dass ...?«

»Roger war eigen. Er konnte sehr misstrauisch sein. Manchmal nahm er sogar die Gespräche auf, wenn er den Leuten nicht vertraute. Manchmal war er aber auch sehr sorglos.«

»Und Sie haben mir gesagt, dass er nicht an seinen Tod denken wollte.«

»Wer will das schon?«

Aurel erinnerte sich an seinen Vater, ein Freimaurer und starker Geist, dem es immer große Freude bereitet hatte, von seinem Tod zu sprechen. Damit hatte er den religiösen Teil der Familie schockiert. Er hatte sich sogar zu Lebzeiten seinen Sarg zimmern lassen und ihn in Anwesenheit seiner Frau und seiner Kinder ausprobiert ...

»Hören Sie«, sagte er und vertrieb diesen Gedanken, »ich bin nicht gekommen, um darüber zu sprechen.«

»Über was dann?«
»Ich brauche Ihre Hilfe.«
»Wenn ich Ihnen helfen kann ...«
»Sie haben genau wie ich die Gäste bei der Beerdigung gesehen. Ist der korpulente Afrikaner der ehemalige Polizeichef?«
»Ignace Mbala. Ja. Und er ist Fatoumatas Cousin.«
»Ihr Cousin? Ich dachte, er sei ihr Liebhaber.«
»Das eine schließt das andere ja nicht aus. Wenn man bei uns Cousin sagt, ist das sehr weit gegriffen.«
»Verstehe. Und der kleine Blonde neben ihm? Piotr?«
»Ja.«
»War er oft im Hotel?«
»Jeden Tag.«
»Bezahlte Béliot ihn?«
»Bestimmt. Aber ich weiß es nicht genau. Er hatte auch Probleme mit seinen Papieren. Niemand hat wirklich kapiert, wie er ins Land gekommen ist. Anscheinend hatte er keine Aufenthaltsgenehmigung für Mosambik. Ich weiß, dass sich Roger für ihn eingesetzt hat, denn einmal hat man Piotr deshalb verhaftet.«
»Und was hat er im Gegenzug für Béliot getan?«
»Das weiß ich nicht. Roger ließ die Leute nie zusammentreffen. Wenn Piotr da war, war niemand sonst da, ich durfte mich auf keinen Fall blicken lassen.«
»Kam er morgens oder abends?«
»Alle Besucher kamen nach Einbruch der Dunkelheit. Die meisten durch das Tor. Aber jene, die sozusagen zum Haus gehörten, wie Piotr, hatten einen Schlüssel zu einem anderen Eingang im hinteren Teil des Gartens, neben dem Generator.«
»Also hätten diese Personen auch am Abend des Mordes kommen können, ohne dass der Wachmann sie gesehen hätte?«

»Natürlich.«
»Haben Sie das der Polizei erzählt?«
»Niemand hat mich danach gefragt.«
»Das hätte Françoise helfen können.«
»Darum haben sie mir vielleicht die Frage nicht gestellt. Sie schienen sich sicher zu sein, dass sie die Schuldige ist.«

Lucrecia nahm diese Ungerechtigkeit so auf, wie alles andere: Die Welt ist hart den Unschuldigen gegenüber. Außer, es gab für sie nur Schuldige.

»Und die beiden Buschmänner?«
»Buschmänner?«

Dieses alte Wort wurde sicher nicht mehr verwendet. Aurel errötete ein wenig.

»Die beiden Weißen in Safarijacken mit den Rangerhüten.«
»Jäger.«
»Haben sie Béliot oft besucht?«
»Bei den beiden weiß ich es nicht. Aber er hat sich immer dafür interessiert. Früher ging er selbst jagen.«
»Und was jagte er?«

Das Mädchen zuckte mit den Schultern. Was für eine Frage! Offensichtlich hatte sie keinerlei Interesse an diesem Thema, und es war höchst unwahrscheinlich, dass ihr Béliot irgendetwas davon erzählt hatte. Doch plötzlich schien sie sich an etwas zu erinnern.

»Einmal hat er mir erzählt, er habe Elefanten gejagt. Er hat erklärt, man müsse auf die Augen zielen oder so was.«

»Aber wenn man seinen Gesundheitszustand bedenkt, dürfte er schon lange nicht mehr zur Jagd gegangen sein ...«

»Stimmt. Aber er ging immer noch zu den Feiern des Jagdclubs. Und er wollte eine Safari für Touristen organisieren.«

Aurel hatte sein Moleskine-Notizbuch gezückt und schrieb etwas hinein.

»Sie sagten, dass er seine Besucher nie gemeinsam empfing. Wie konnte er sicher sein, dass nicht doch jemand unerwartet aufkreuzte? Vereinbarte er telefonisch einen Termin mit ihnen?«

»Roger misstraute dem Telefon. Er war davon überzeugt, dass er abgehört wurde.«

»Wie dann?«

Lucrecia schien zu zögern.

»Das Schwimmbad.«

»Das Schwimmbad! Was war mit dem Schwimmbad?«

»Die Farbe. Sie haben es vielleicht gesehen. Es gibt eine Fernsteuerung, mit der man die Farbe verändern kann. Roger hatte sie vor seinem Sessel auf der Terrasse anbringen lassen.«

»Und?«

»Wenn jemand zum Gartentor kam, brauchte er nur zu schauen, welche Farbe der Pool hatte, dann wusste er, ob er eintreten durfte.«

»Also hatte jeder eine eigene Farbe?«

»Ja. Für Piotr Rot. Roger sagte, das erinnere ihn an den Kommunismus.«

»Und die anderen?«

»Ignace war Blau.«

»Das ist der Polizist.«

»Ja, der ehemalige Polizeichef. Grün war für die Jäger. Gelb für Fatoumata.«

»Und für Sie?«

»Für mich Weiß. Das bedeutete, dass er niemanden erwartete.«

»Und Françoise?«

»Françoise? Für sie gab es keine Farbe. Er wollte nicht, dass sie sich ihm näherte. Und ich glaube, ihr hat niemand von dem Farbcode erzählt.«

Aurel sah auf seine Uhr. Er musste sich beeilen, um rechtzeitig bei seinem Treffen mit Madame Ramoglio zu sein.

»Monsieur le Consul?«

»Ja.«

»Darf ich Sie, bevor Sie gehen, auch etwas fragen?«

»Natürlich.«

»Die Frau, die während der Beerdigung gekommen ist...«

»Was ist mit ihr?«

»Wer ist sie?«

Da Aurel dank Schwester Marie de l'Incarnation jetzt sicher sein konnte, dass Lucrecia an Béliot gehangen hatte, konnte er sich das leichte Flackern in ihrem Blick, das diese Frage begleitete, erklären.

»Es ist die Frau des Generaldirektors eines großen Hoch- und Tiefbauunternehmens. Sie war nie Béliots Geliebte.«

Auf Lucrecias Gesicht zeigte sich ein kleines Lächeln, das schnell einer Grimasse wich, und sie legte die Hände auf ihren Bauch.

»Wird Ihre Tochter ungeduldig?«, fragte Aurel und entschwand schnell, da er sich auf der Stelle für seine Vertraulichkeit schämte.

XI

Nicole Ramoglio erwartete Aurel bereits in der Hotellobby. Sie schlug ihm vor, mit ihrem Wagen in die Stadt zu fahren.

»Ich bin nur für einen Tag hier. Und da würde ich gerne noch etwas anderes sehen als die Wände dieses unpersönlichen Gebäudes. Sie kennen doch sicher ein nettes Lokal, wo man etwas trinken kann. Vielleicht mit einer Aussichtsterrasse?«

Aurel wurde nervös. Er ging ohnehin nur selten aus, aber beim Anblick dieser beeindruckenden Frau fiel ihm gar nichts mehr ein.

»Äh ... ja, gerne.«

Madame Ramoglios Chauffeur hatte die lange schwarze Limousine vorgefahren, und sie stiegen beide hinten ein. Aurel war so durcheinander, dass er sich auf die rechte Seite, dem Protokoll zufolge also auf den Ehrenplatz, setzte. Er stammelte daraufhin ein paar Worte der Entschuldigung. Der Fahrer, ein junger, durchtrainierter Mosambikaner, musterte ihn im Rückspiegel. Unter dem taillierten blauen Anzug, den er trug, zeichneten sich seine Muskeln ab.

»Wohin fahren wir?«, fragte er ungeduldig.

»Kennen Sie ... die Maison Eiffel?«

Der Fahrer zuckte mit den Achseln. Alle Welt kannte die

Maison Eiffel in Maputo. Es handelte sich um eine reine Stahlkonstruktion, die nach Originalplänen des berühmten Ingenieurs Gustave Eiffel errichtet worden war. Die Idee an sich war nicht schlecht. Leider war in einem Land, in dem die Sonne derart stark vom Himmel brannte, ein solcher Metallkasten eher zu einer Art Vorläufer der Mikrowelle geraten.

»Was genau suchen Sie?«, beharrte der Chauffeur.

Aurel erinnerte sich vage daran, dass Mortereau ihn gleich nach seiner Ankunft hier irgendwo zum Aperitif eingeladen hatte, aber der Namen des Lokals war ihm entfallen.

»Ich werde es Ihnen zeigen, wenn wir in der Gegend sind.« Der junge Fahrer wirkte aufgebracht.

»Prosper kommt von hier«, mischte sich Madame Ramoglio ein. »Er kennt die Stadt sehr gut. Er arbeitet für den Leiter unserer Zweigstelle hier im Land. Wir haben ein ziemlich großes Büro in Mosambik, auch wenn die Geschäfte momentan eher schleppend laufen. Kommen Sie, Prosper, fahren Sie so, wie Monsieur le Consul es gesagt hat.«

»Dürfte ich Ihnen eine Frage stellen, Madame«, murmelte Aurel verschwörerisch, vor allem, um den Chauffeur von ihrer Unterredung auszuschließen.

»Bitte sehr.«

»Wie haben Sie vom Tod Roger Béliots und dem Datum der Beerdigung erfahren? Sie leben doch gar nicht hier ...«

»Mein Mann hat einen vertraulichen Branchen-Newsletter abonniert. Er enthält Neuigkeiten von allen Personen, die im Hoch- und Tiefbau tätig sind und mit dem Export zu tun haben. Dort wurde die Nachricht von Rogers Tod veröffentlicht, und auch das Datum der Beerdigung.«

»Aber er war doch schon lange im Ruhestand und traf nicht mehr viele Menschen.«

»Dennoch, in der Branche war er kein Unbekannter. Jemand muss von seinem Tod erfahren haben, und so gelangte die Meldung in den Newsletter. Es wurde sogar eine Kurzbiografie veröffentlicht.«

»Wir sind vor der Maison Eiffel angekommen«, meldete der Fahrer. »Wohin jetzt?«

Aurel hatte völlig vergessen, auf den Weg zu achten. Er sah nach links und nach rechts, ohne das Lokal zu entdecken, das er suchte.

»Es ist ein großes Restaurant mit einer Terrasse«, stammelte er. »Sie haben auch eine Bar und eine Eisdiele.«

Eine Eisdiele! Wie war er bloß darauf gekommen? Seine Großmutter, die sich noch an das Kronstadt aus der Vorkriegszeit erinnerte, bezeichnete einen schrecklichen Genossenschaftsladen als »Eisdiele«, in der man gelegentlich industriell hergestelltes Speiseeis bekam.

Der Chauffeur bedachte ihn mit einem abschätzigen Blick.

»Das Di Como?«, fragte er mitleidig.

»Genau! Das ist es. Das ist der Name, den ich gesucht habe.«

»Das Di Como liegt aber nicht in der Nähe der Maison Eiffel, sondern hinter der Avenida da Marginal.«

»Tut mir leid, bitte entschuldigen Sie vielmals.«

»Nun gut, Prosper, dann wollen wir mal«, forderte Madame Ramoglio ihn auf.

Der Chauffeur schüttelte den Kopf und machte eine abrupte Kehrtwendung.

»Und wenn Sie mir eine weitere Frage gestatten, Madame«, nahm Aurel den Gesprächsfaden wieder auf, »wie haben Sie Roger Béliot kennengelernt?«

Madame Ramoglio atmete tief durch, so als wolle sie sich Mut machen.

»Das ist lange her, Monsieur le Consul. Eine halbe Ewigkeit. Mein Vater war zur Zeit der Kolonialherrschaft in Gabun in der

Forstwirtschaft tätig – wie viele andere, aber im großen Stil. Er hatte ganz klein angefangen, aber es geschafft, einen riesigen Betrieb mit modernen Maschinen, einer Lkw-Flotte und Hunderten von Angestellten aufzubauen. Ich bin dort aufgewachsen, mitten im Regenwald.«

Aurel fiel es schwer, sich diese elegante Frau inmitten von Kettensägen und Lastwagenfahrern vorzustellen. Gleichzeitig wusste er aus Erfahrung, dass eine solche Kindheit oft scheue, einsame und stolze Charaktere hervorbrachte.

»Später dehnte mein Vater sein Geschäft auf andere Zweige aus und stieg ins Hoch- und Tiefbaugewerbe ein. Er hatte einen Ziehsohn – ein junger Bursche, fast noch ein Kind. Er war eines Tages in Libreville ohne einen Cent in der Tasche von Bord eines Frachters gegangen. Es war Roger Béliot.«

»Was machte er dort?«

»Eine Reise um die Welt. So hat er es zumindest meinem Vater erklärt. Er hatte sein Elternhaus verlassen und war losgezogen. Ich glaube, er war eher ein Ausreißer. Die Kapitäne, bei denen er sein Glück versuchte, nahmen ihm sein angebliches Alter nicht ab. Das einzige Schiff, das bereit war, ihn mitzunehmen, fuhr nach Gabun.«

»Aus welcher Region Frankreichs stammte er?«

»Er wurde in Desvres, im Département Pas-de-Calais geboren. Aber seine Eltern hatten sich scheiden lassen, und er lebte zusammen mit seiner Mutter in Boulogne-sur-Mer.«

»Hier ist das Di Como, Madame«, meldete sich der Fahrer zu Wort, wobei er Aurel bewusst ignorierte.

Sie stiegen aus und betraten das Restaurant durch einen schmalen Gang zwischen Trockenmauern. Die Terrasse war menschenleer. Lediglich zwei Kellner waren damit beschäftigt, die Tische mit Gläsern und Besteck für das Abendessen einzudecken. Sie bedeuteten Aurel, dass er sich einen Tisch aussuchen könne. Die beiden nahmen an der Balustrade Platz, von wo aus sie ein ganzes Viertel mit Wellblech gedeckten Häusern überblickten. Dazwischen ragten einige ausladende grüne Kronen hoher Mangobäume hervor.

Madame Ramoglio nahm den Gesprächsfaden wieder auf. »Ich habe von Rogers Tod erfahren, aber viel mehr weiß ich nicht. Es ist Jahre her, dass ich ihn gesehen habe. Ich weiß nicht, wie er zu Tode gekommen ist, und hoffe, dass Sie mir diesbezüglich etwas mehr erzählen können.«

Aurel räusperte sich und setzte zu einer langatmigen Erklärung an, die ihm selbst etwas verwirrend vorkam. Er berichtete von alldem, was er über den Mord an Béliot und über das Leben des alten Hoteliers in Maputo wusste.

Madame Ramoglio hörte schweigend zu. Als Aurel fertig war, blickte sie einen langen Moment auf den Horizont der staubigen Stadt, über der es allmählich dunkel wurde.

»Was Sie mir erzählen, ist wenig überraschend«, sagte sie nachdenklich. »Es wundert mich nicht, dass er von all diesen Frauen umgeben war. Um ehrlich zu sein, so habe ich ihn mir vorgestellt.«

»Wie war er, als Sie ihn kennengelernt haben?«

»Wie ich Ihnen schon sagte, er war ein ganz junger Mann. Er war charmant. Alle mochten ihn. Ich kann nicht behaupten, dass er ein hübscher Junge war, aber er hatte eine offenherzige Art, eine Fröhlichkeit, eine Energie, die alle in seinem Umfeld begeisterte. Ich bin ohne Geschwister aufgewachsen. Mein Vater sah in Roger sofort seinen Ziehsohn. Er bezog ihn in alles mit ein und vertraute ihm schwierige Aufgaben an.«

»Und wie war das bei Ihnen? Welche Beziehung hatten Sie zu ihm?«

»Seltsamerweise war ich nie in ihn verliebt. Ich liebte ihn, aber wie einen Bruder. Damit war ich übrigens die Einzige. Er verdrehte allen Frauen den Kopf, meine Freundinnen waren verrückt nach ihm, und ältere Damen sprachen mit Rührung von ihm.«

»Und er, war er ... in Sie verliebt?«

»Das ist gut möglich, gerade, weil ich es nicht war. Damals zeigte er es ganz und gar nicht. Aber der weitere Verlauf der Ereignisse lässt darauf schließen.«

Sie hatten zwei Zitronentees bestellt. Der Kellner baute auf dem Mosaiktisch vor ihnen ein ganzes Set mit Tassen, Untertassen, Teekännchen und Schälchen auf, die Zucker in verschiedenen Variationen, Gewürze, eine Auswahl an Blütenblättern und natürlich die Zitronenscheiben enthielten.

»Wie lange ist er bei Ihnen geblieben?«

»Fast zehn Jahre. Er wurde der engste Mitarbeiter meines Vaters. Allerdings musste er nach drei Jahren die Anwesenheit eines anderen Jungen akzeptieren, den mein Vater ebenfalls von ganzem Herzen mochte. Dabei handelte es sich um einen entfernten Cousin. Seine Eltern hatten ihn zu uns geschickt, damit er erste Berufserfahrungen sammelte. Dieser Junge hieß Jean-Louis Ramoglio.«

»Ramoglio, wie ...?«

»Ja, wie der aktuelle Chef der Unternehmensgruppe, er ist mein Ehemann.«

Aurel verspürte den Drang, sein Notizbuch zu zücken, um sich alles aufzuschreiben, aber er wagte es nicht. Seine Gesprächspartnerin sollte weiterhin das Gefühl haben, es handele sich um eine ungezwungene Unterhaltung. Wenn er zu offenkundig Interesse zeigte, könnte sie misstrauisch werden.

»Ja, so war es: Mein zukünftiger Ehemann kam unter ungefähr denselben Umständen zu uns wie Roger, aber drei Jahre später. Der einzige Unterschied bestand darin, dass er studiert hatte. Er war Forstingenieur.«

»Sah Béliot ihn als Konkurrenten?«

»Ganz und gar nicht. Auf jeden Fall hat er es sich nicht anmerken lassen. Roger hat den Neuling zunächst willkommen geheißen. Er hat sein Vertrauen gewonnen. Man hätte sie für zwei Jugendfreunde halten können. Jean-Louis war unvorsichtig. Er machte mir den Hof. Ich habe ihn von Anfang an gemocht und drei Monate später gingen wir zusammen aus, heimlich, ohne dass mein Vater davon wusste. Aber Roger wusste Bescheid.«

»Was hat er gemacht? Sie beide verraten?«

»Das wäre zu einfach gewesen. Roger kannte meinen Vater. Er wusste, dass dieser sich nicht gegen die Beziehung stellen würde, wenn er davon erführe. Jean-Louis wäre dann nicht nur sein Liebling, sondern bald der Schwiegersohn und somit auch der Nachfolger gewesen. Diesen Gedanken konnte Roger nicht ertragen. Es genügte ihm nicht, Jean-Louis zu schaden, ihn in Misskredit zu bringen. Er wollte ihn zerstören. Um das zu erreichen, musste er ihn zunächst betäuben.«

Nicole Ramoglio erzählte die Geschichte ruhig und gefasst, aber man spürte, dass sie einen Schmerz unterdrückte, den die Zeit nicht hatte lindern können.

»Roger ging mit Jean-Louis und mir sehr freundlich und freundschaftlich um. Es war eine wunderbare Zeit. Vierzig Jahre sind seitdem vergangen und, wie Sie sehen, habe ich sie nicht vergessen. Im Namen dieser glücklichen Momente bin ich hier. Umso härter war der tiefe Fall von Roger.«

Als sie die Porzellantasse an ihre Lippen führen wollte, zitterte ihre Hand so sehr, dass die Untertasse klirrte.

»Das Merkwürdigste ist, dass Roger sich so viel Zeit gelassen hat, um im Stillen seine Rache gegen Jean-Louis zu planen. Jahrelang hat er ganz allein, ohne sich irgendjemandem anzuvertrauen, einen tödlichen Plan ausgearbeitet und unsicht-

bare Fäden gesponnen, um sie im geeigneten Moment ziehen zu können. Und eben diese stille Verbissenheit macht seine Tat besonders abartig. Aber, so seltsam es auch klingen mag: Genau das ist es, was mich dazu gebracht hat, ihm zu verzeihen. Ich glaube, dass er verrückt war. Und sehr unglücklich.«
Sie stellte die Tasse ab. In ihrem Mundwinkel schimmerte ein Tropfen Tee. Sie suchte nach einer Serviette, fand keine und tupfte ihn schließlich mit der Spitze ihres Zeigefingers ab.

»Ich erspare Ihnen die Details, die im Übrigen nicht alle bekannt sind. Man muss sich in die damalige Zeit zurückversetzen. Das Leben im Busch war hart. Moderne Kommunikationsmittel gab es nicht. Viele Dinge mussten persönlich erledigt werden, was auf den afrikanischen Wegen meist mit Risiko verbunden war.«

»Lebten Sie weit weg von Libreville?«

»Nein, zu der Zeit wohnten wir schon in der Hauptstadt. Aber die Fabriken und Lagerhäuser meines Vaters befanden sich noch immer im Landesinneren. Er wollte unbedingt den Firmensitz an seinem ersten Standort beibehalten, dort, wo er mit dem Holzfällen begonnen hatte. Für die Reisen hatte er sich ein kleines Flugzeug zugelegt.«

Es fiel Nicole Ramoglio schwer, über diese unglückselige Geschichte zu sprechen. Sie hielt sich mit Details auf, die sie in guter Erinnerung behalten hatte.

»Einmal im Monat überbrachten wir damit den Lohn der Arbeiter, und manchmal auch hohe Beträge für den Kauf von Materialien und stehenden Bäumen. Bei diesen Transporten handelte es sich also häufig um sehr viel Geld. Roger besaß die Geduld, so lange zu warten, bis ein außergewöhnlicher Umstand eintrat: Eines Tages, als das Flugzeug eine Panne hatte – im Nachhinein fragte man sich, ob er für den Schaden nicht vielleicht sogar selbst verantwortlich war – und die zu transportierende Summe ungewöhnlich hoch war, wurde das Geld per Kurier auf dem Landweg überbracht. Ein alter gabunischer Fahrer saß am Steuer des Wagens, der mit einem Koffer voller Geldscheine beladen war. Und bewacht wurde der Transport von einem ehemaligen Soldaten, einem Kongolesen, der seit über zehn Jahren im Dienst meines Vaters stand. Beide Männer waren absolut vertrauenswürdig.«

Man merkte, dass diese Geschichte schon unzählige Male in der Familie erzählt, jedes Detail analysiert, überprüft und interpretiert worden war. Was sie gerade wiedergab, war die offizielle Version, unantastbar und poliert wie eine Marmorstatue.

»Der Wagen geriet in einen Hinterhalt. Der Fahrer und der Wachmann wurden getötet. Das Geld war verschwunden.«

»Hat Roger den Hinterhalt organisiert?«

»Dazu komme ich gleich. Die Angreifer wurden identifiziert. Drei Söldner aus Ubangi-Schari. Gesetzlose, die ihr Überleben sicherten, indem sie Straßenräuber spielten und Dorfbewohner terrorisierten.«

»Afrikaner?«

»Ja. Die Kerle waren nach der Tat spurlos verschwunden. Man hat sie nie gefasst.«

»Konnte das Geld sichergestellt werden?«

»Nicht ihr Anteil. Aber der Rest, ja.«

»Wer hat die Ermittlungen geleitet?«

»Die örtliche Polizei, doch mein Vater hat sich selbst intensiv an den Nachforschungen beteiligt.«

Nicole Ramoglio winkte einen der Kellner heran und bat ihn, eine Kanne heißes Wasser zu bringen.

»Nach und nach kamen immer mehr Details ans Licht, die meinen zukünftigen Ehemann belasteten: Auf einer alten ledernen Brieftasche, die man im Zelt der Angreifer gefunden hatte, befanden sich zwei Fingerabdrücke von Jean-Louis. In der Nähe des Hinterhalts wurden Reifenspuren von seinem Auto gefunden. Und zu guter Letzt lieferte ein Mechaniker des Unternehmens eine beunruhigende Zeugenaussage: Jean-Louis habe ihm am Vorabend der Abreise Fragen nach der Route des Transporters gestellt. Und am Tag des Hinterhalts war er ebenfalls im Busch unterwegs.«

»Er wird sich doch sicher verteidigt haben?«

»Mehr schlecht als recht. Jean-Louis ist ein ehrlicher Mann, und Ehrlichkeit entbindet in der Regel davon, sich selbst entlasten zu müssen. Er reagierte aggressiv. Er ging zu meinem Vater und beging den Fehler, laut zu werden, er bedrohte ihn fast. Anfangs war er nur ein Verdächtiger, aber er verhielt sich so, als wäre er der Schuldige. Zumindest nahm mein Vater das an und sagte ihm, er solle seine Koffer packen.«

»Ihr Vater wusste zu dem Zeitpunkt bereits, dass Sie in Jean-Louis verliebt waren?«

»Er hat es geahnt. Das war Teil der Strafe. Verstehen Sie, mein Vater wollte diese Angelegenheit nicht der Justiz überlassen. Es war eine Frage der Ehre zwischen ihm und dem Schuldigen. Und außerdem sollte das Image des Unternehmens keinen Schaden nehmen.«

»Jean-Louis ist also gegangen, und Sie sind ihm gefolgt ...«

»Nein, er ist nicht gegangen. Ich weiß nicht, was ich getan hätte, wenn die Dinge bis zum bitteren Ende gegangen wären. Ich hatte Angst davor, meinem Vater die Stirn zu bieten, aber ich hing noch mehr an Jean-Louis, glaube ich.«

»Was hat ihn gerettet?«

»Der Zufall. Wie so oft sind es die unvorhergesehenen Details, die scheinbar perfekte Pläne scheitern lassen. Zwei Tage vor Jean-Louis' Abreise gebar eine junge Afrikanerin, die, ganz in der Nähe des Hinterhalts, in einem Dorf im Landesinneren lebte, ein Baby. Der Vater dieses Mädchens war ein Stammesführer aus der Region. Er bedrohte seine Tochter mit dem Tod, wenn sie nicht den Namen des Vaters preisgeben würde. Sie behauptete daraufhin, es sei Roger.«

»Wie kam es, dass man ihn deswegen beschuldigte, für den Hinterhalt verantwortlich zu sein?«

»Als mein Vater von der Sache mit dem geschwängerten Mädchen erfuhr, ging er dieser Geschichte nach, und alles kam ans Licht. Wir erfuhren, dass Roger in den Wochen vor dem Attentat mehrfach heimlich in dieser Region gewesen war, dass er dabei einmal Jean-Louis' Wagen benutzt hatte – das Auto, dessen Reifenspuren man gefunden hatte – und dass er sich mit den Angreifern nachts im Dschungel getroffen hatte. Das Mädchen hatte ihn dabei begleitet. Sie war zwar im Wagen geblieben, erkannte aber die Männer wieder. Sie erwähnte auch eine alte Brieftasche, die Roger mit Handschuhen angefasst hatte. Jedenfalls fiel der Verdacht plötzlich auf Roger.«

»Wie hat er reagiert?«

»Wie ein verzogenes Kind. Er konnte es nicht ertragen, von seinem Podest gestoßen zu werden. Er machte meinem Vater eine schreckliche Szene, in der er alles, was er auf dem Herzen hatte, zur Sprache brachte. Sieben Jahre voller Frustrationsmomente, voller Groll. Kurz gesagt, er warf ihm vor, ihn nicht genug zu lieben, einem anderen den Vorzug zu geben, ihm aber stets Hoffnungen auf seine Nachfolge gemacht zu haben, um ihm dann diesen Platz schlussendlich zu verweigern.«

»Aber er hat die Tat nicht abgestritten?«

»Nein. Und dieser Schrei von enttäuschter Liebe bedeutete auch, dass er die Tatsachen anerkannte. Im Übrigen reiste er schon am nächsten Tag nur mit einem einfachen Koffer ab. Mein Vater fand zwei Tage später in seinem Wagen einen Koffer, der die gestohlene Summe abzüglich der Söldnerprovision enthielt.«

»Hätte Ihr Vater ihn nicht verhaften lassen können, selbst wenn er das Land verlassen hätte?«

»Er zog es vor, diesen Verrat für sich zu behalten, wie eine geheime Wunde. Und die sollte nie ganz verheilen.«

»Hat er manchmal darüber gesprochen?«

»Nicht über die Ereignisse selbst, aber sonderbarerweise folgte er Roger auf Schritt und Tritt. Jedes Mal, wenn er erfuhr, dass dieser in einem neuen Land angekommen war, jedes Mal, wenn er eine neue Baustelle übernahm, informierte er uns darüber. Er wusste, dass Roger sich hier in Maputo niedergelassen hatte, und es überraschte ihn nicht, da er sich in den meisten der ehemaligen französischen Kolonien Feinde gemacht hatte. Nach dem Tod meines Vaters fand ich ein Notizbuch, in dem er alle Informationen über Roger festgehalten hatte. So habe auch ich ihn bis heute im Auge behalten.«

In der Stadt war es dunkel geworden, auch wenn der Himmel noch immer hell war. Kleine Lampen leuchteten überall in den Gärten auf. Die Kellner stellten Öllämpchen auf die Tische um sie herum. In der hereinbrechenden Dunkelheit fühlte es sich für Aurel stets weniger unangenehm an, Vertraulichkeiten in Erfahrung zu bringen.

»Sie haben bestimmt schon oft darüber nachgedacht. Wie interpretieren Sie diese Geste Béliots, sein falsches Spiel?«

»Als er zu uns kam, wussten wir nichts über seine Familie. Aber nach seinem Weggang begann mein Vater zu recherchieren. Ich glaube, er hat damals sogar jemanden angeheuert, der Nachforschungen in Frankreich angestellt hat.«

»In Bologne-sur-Mer?«

»Und in der Umgebung. So haben wir erfahren, dass Roger ein Einzelkind war und von einer schrecklichen Mutter aufgezogen wurde. Eine boshafte Frau, die aber ihren Sohn vergötterte. Sie war äußerst geizig und sammelte Goldmünzen. Abends zählte Roger mit leuchtenden Augen zusammen mit seiner Mutter die Louis- und Napoleon-Münzen. Er war der Mann einer Frau, und das spürten die Frauen, das zog sie magisch an. Aber gleichzeitig hatte seine Mutter ihm die Verachtung für Frauen eingeflößt.«

Schüchtern trat der Kellner an ihren Tisch und bot an, auch ihnen ein Öllämpchen auf den Tisch zu stellen. Madame Ramoglio bat um die Rechnung, aber Aurel protestierte. Er wollte bezahlen.

»Glauben Sie, dass eine dieser Frauen so wütend auf ihn gewesen sein könnte, dass sie ihn hätte töten wollen?«

»Ich weiß es nicht. Das erscheint mir nicht sehr wahrscheinlich. Dennoch ist offensichtlich alles möglich.«

»Abgesehen von den Frauen«, wollte Aurel wissen, während er sein Portemonnaie zurück in die Innentasche seines Jacketts steckte, »woher hätte Ihrer Meinung nach für einen Mann wie Roger die Gefahr kommen können?«

»Von ihm selbst.«

Sie hatte sehr schnell geantwortet, ein Zeichen dafür, dass sie über diese Frage selbst schon lange nachgedacht hatte. Aurel wartete auf eine Erklärung.

»Wie ich Ihnen schon sagte, hat mein Vater Rogers Karriere verfolgt. Er wollte ihn verstehen. Für meinen Vater war ein solcher Verrat etwas absolut Unvorstellbares. Als er aber Roger aus der Ferne beobachtete, sah er, wie jemand lebte, dessen ganzes Leben von Verrat geprägt war.«

»Er hat nicht wirklich Ihren Vater verraten, als er Jean-Louis Ramoglio des Überfalls bezichtigte. Er wollte vor allem einen Rivalen loswerden.«

»Gewiss, aber stets mit illegalen, hinterhältigen Mitteln,

indem er das Vertrauen, das man in ihn setzte, missbrauchte. Wo immer er danach hinkam, spielten sich die Dinge auf die gleiche Weise ab: Er beginnt mit der Arbeit, die er auf das Vortrefflichste erledigt, er erwirbt sich die Achtung aller, und dann, mit einem Mal, macht er alles zunichte, indem er sich unlauterer Mittel bedient. Deshalb ist er nie lange an ein und demselben Ort geblieben.«

»Außer in Maputo.«

»Das ist wahr. Aber soweit ich weiß, eilte ihm sein Ruf hier voraus, und niemand hat ihm je vertraut.«

»Niemand, nein«, wiederholte Aurel.

Dann sagte er zu sich selbst: niemand oder fast niemand. Und in diesem »fast« lag vielleicht des Rätsels Lösung.

Beide hingen für einen Moment schweigend ihren Gedanken nach und tranken den Tee, der inzwischen kalt geworden war.

»Geht Ihr Rückflug heute Abend?«, fragte Aurel schließlich.

»Um ehrlich zu sein, kann ich sozusagen fliegen, wann ich möchte. Mein Mann hat mir eines der Firmenflugzeuge zur Verfügung gestellt.«

Als Aurel diese Worte hörte, hatte er das Gefühl, sie sei eigentlich schon aufgebrochen, und eine riesige Distanz, die er durch ihr vertrauliches Gespräch überwunden zu haben glaubte, trennte sie plötzlich unwiderruflich voneinander.

Madame Ramoglio bot an, ihn mit dem Wagen nach Hause zu bringen. Aber ohne genau zu wissen, warum, lehnte Aurel dieses Angebot ab. Auf der staubigen Straße verabschiedete er sich huldvoll mit einem Handkuss von ihr, was zwei Jungen, die dort herumlungerten, zum Lachen brachte. Dann winkte er ein altes Taxi herbei und ließ sich auf direktem Weg nach Hause fahren.

XII

Als der Taxifahrer Aurel absetzen wollte, bemerkte dieser einen schwarzen Wagen ohne Licht, der vor seiner Haustür parkte. Kurz flackerten seine alten Reflexe aus kommunistischer Zeit wieder auf: War das die Geheimpolizei, die ihn festnehmen wollte?

Er bat den Fahrer, ein Stück weiterzufahren und ihn dort abzusetzen, damit er einen Blick auf diejenigen werfen konnte, die ihn ausspähten. Doch als sie an dem geparkten Fahrzeug vorbeifuhren, erkannte Aurel im Scheinwerferlicht die Plakette des Diplomatischen Corps und Mortereaus Nummernschild.

Kaum war Aurel aus dem Taxi gestiegen, sprang der Generalkonsul auch schon aus seinem Wagen und eilte auf ihn zu.

»Ihre Handyphobie ist wirklich lästig. Gibt es keine andere Möglichkeit, Sie zu erreichen?«

»Tut mir leid.«

»Wie auch immer. Lassen Sie uns nicht noch mehr Zeit verlieren. Wir müssen reden.«

Bei diesen Worten blickte Mortereau in Richtung von Aurels Hauseingang. So unangenehm ihm dieser Gedanke auch war, er begriff, dass ihm nichts anderes übrig blieb, als den Generalkonsul hereinzubitten.

»Stören Sie sich bitte nicht an der Unordnung.«

Als sie den Wohnungsflur betraten, schlug Aurel der unangenehme Geruch von schmutzigem Geschirr und abgestandener Luft entgegen, den er nicht bemerkt hätte, wenn er allein gewesen wäre. Noch schlimmer war der Anblick des Wohnzimmers, in dem Kleidungsstücke und leere Flaschen verstreut auf dem Boden herumlagen.

»Ach, Sie haben ein Klavier«, rief Mortereau freudig, als würde er die Unordnung nicht bemerken, und trat dabei ungeniert auf ein am Boden liegendes Hemd.

»Ja«, stotterte Aurel. »Ich habe früher sogar als Pianist gearbeitet.«

»Wunderbar! Ich liebe das Piano. Als Kind hatte ich sieben Jahre lang Unterricht, und es war dumm, damit aufzuhören. Was spielen Sie? Bach, Mozart, Schumann ...? Es muss beeindruckend sein, sich mit Fliege in einem großen, mucksmäuschenstillen Saal zu präsentieren.«

Aurel, der damit beschäftigt war, die verstreut herumliegenden Unterhosen und Socken mit dem Fuß unter das Sofa zu schieben, hörte sich sagen:

»Eigentlich war ich eher ein Pianist, der in Bordellen spielte.«

Als ihm bewusst wurde, was er da soeben gesagt hatte, geriet er in Panik.

»Das heißt, ich spielte Jazz. In Clubs, Bars. Sie verstehen, was ich meine?«

Er befürchtete, seinen Ruf endgültig ruiniert zu haben, aber Mortereau betrachtete ihn, ganz im Gegenteil, voller Bewunderung.

»Was Sie nicht sagen! Sie? Das hätte ich nie vermutet.«

Und damit Aurel sein Urteil auch nicht missverstand, fügte er hinzu:

»Das ist ja wunderbar.«

Dann fragte er, wo die Toilette sei.

»Spielen Sie doch etwas für uns, während ich mir die Hände wasche.«

Aurel setzte sich ans Klavier und ließ seine Finger wie zufällig über die Tasten gleiten, ganz so, wie er es in seiner Zeit als bezahlter Pianist getan hatte. In einem schnellen Rhythmus reihte er ungeordnet Fragmente bekannter Stücke aneinander, die in den Jazz eingeflossen waren. Nichts entspannte ihn mehr. Nach einem Tag, an dem er nur herumgelaufen war, war es eine unvergleichliche Erholung, die Musik einfach kommen zu lassen, ohne an etwas anderes zu denken. Nur ein Glas Weißwein hätte sein Glück noch steigern können. In dem Moment, als er daran dachte, wurde ihm bewusst, dass er schon eine ganze Weile spielte. Er hielt unvermittelt inne und drehte sich um. Mortereau stand mit verschränkten Armen da und beobachtete ihn mit verschwommenem Blick.

»Das ist ja unglaublich«, äußerte er sich ein wenig verträumt. »Spielen Sie doch bitte weiter. Ich könnte Ihnen die ganze Nacht zuhören.«

»Wollten Sie nicht dringend mit mir sprechen?«

Der Generalkonsul kam wieder zu sich.

»Ja, ja, Sie haben recht. Setzen wir uns.«

Mortereau ging ein paar Schritte rückwärts zum Sofa und ließ sich hineinsinken. Es war ein altes, durchgesessenes Möbelstück, das Aurel dem Vormieter abgekauft hatte. Es blieb ihm nicht genug Zeit, seinen Gast vorzuwarnen. Dieser war förmlich im Sofa versunken, sodass die Knie seinen Kopf überragten. Aurel reichte ihm beide Hände und half ihm, sich wieder aufzurichten. Er selbst setzte sich vorsichtig auf die Kante eines Metallstuhls, dessen eines Bein sich regelmäßig löste.

»Ich hätte Sie gerne früher gesehen ..., als Sie vom Kloster zurückkamen.«

»Wie haben Sie davon erfahren?«

»Vom Chauffeur natürlich!«

Mortereau mimte den Schlaumeier. Aurel beglückwünschte sich, dass er nach dem Treffen mit Madame Ramoglio im Taxi zurückgefahren war.

»Ich hätte Sie gerne früher gesehen«, wiederholte der Generalkonsul, »aber ich konnte nicht. Stellen Sie sich vor, diese Geschichte mit den Elefantenstoßzähnen hat unglaubliche Wellen geschlagen. Das Ganze ist zu einer Staatsaffäre geworden. Beziehungsweise hat es weltweit für Aufsehen gesorgt. Wussten Sie, dass der Fernsehsender CBS es zu einer Newsticker-Meldung mit der Schlagzeile ›Fünf Tonnen Elfenbein spurlos aus dem Zolllager in Maputo verschwunden‹ gemacht hat?«

»Das muss für die Regierung sehr ärgerlich sein ...«

»Und wie! Wo sich die Mosambikaner doch als vorbildlich bezeichnen, wenn es um die Umwelt geht! Sie erhalten alljährlich von den Amerikanern und aus Europa große finanzielle Unterstützung, um ihre Tierwelt zu schützen. Das ist auch der Grund, warum sie so daran interessiert waren, die Ermittlungen schnell und schlampig abzuschließen. Man muss sagen, dass sie sich gut darauf verstehen. Wissen Sie, was sie gefunden haben?«

»Ich wette, einen Sündenbock, den sie für alles verantwortlich machen werden.«

»Besser noch. Die Rebellen.«

»Welche Rebellen?«

»Sie wissen schon, diese kleine Guerillabande aus dem Norden, die sich im Dschungel an der Grenze zu Tansania verkrochen hat und hin und wieder Überfälle auf mosambikanischem Gebiet verübt. Anscheinend bekennen sie sich jetzt zum Islamischen Staat, aber eigentlich sind es eher Banditen.«

»Haben sie die Stoßzähne gestohlen?«

»Sicher nicht. Aber das behauptet die Regierung. Und diese Version kommt allen gelegen.«
»Trotzdem braucht man dafür Beweise. Ist denn das Elfenbein wieder aufgetaucht?«
»Wo denken Sie hin! Es gibt nicht die geringste Chance, es wiederzubekommen. Aktuell befinden sich die Stoßzähne sicher schon im Laderaum eines Schiffes in Richtung Hongkong oder sonst wo.«
»Schon? Aber wann hat denn dieser Einbruch stattgefunden?«
»Den Polizeiangaben zufolge vor rund zwei Wochen.«
»Und niemand hat etwas mitbekommen?«
»Nein. Es gibt zwar einen Wachmann vor dem Lager, aber der hat nie ins Innere geschaut. Im Übrigen hatte er nicht mal einen Schlüssel. Offenbar haben die Diebe ein Loch in die Rückwand des Gebäudes gebohrt. Ohne den Besuch der Umweltschützer wäre das Verschwinden nicht so schnell entdeckt worden.«
»Vielleicht gab es interne Helfershelfer ...«
»Offensichtlich. Der Zoll war für die Verwahrung des Elfenbeins zuständig, für die Kontrollgänge hingegen die Polizei. Diese ganze feine Gesellschaft muss Schmiergelder kassiert haben, um ein Auge zuzudrücken.«
»Was meinen die Umweltschützer?«
»So seltsam es auch klingen mag, sie haben die Erklärung der Regierung geschluckt. Sie glauben felsenfest an diese Geschichte mit den Rebellen. Der Premierminister hat sie höchstpersönlich empfangen und ihnen Honig ums Maul geschmiert. Sie haben bereits angekündigt, dass sie morgen Abend abreisen werden. Übermorgen Vormittag stehe ich wieder zur Verfügung, um gemeinsam mit Ihnen die Ermittlungen weiterzuführen.«

»Wunderbar«, rief Aurel.

Und er begriff, dass ihm nur noch ein einziger Tag blieb, um in Ruhe seine Nachforschungen anstellen zu können.

Der Generalkonsul ließ ihm keine Zeit, länger über diese traurige Nachricht nachzugrübeln. Er bat um einen detaillierten Bericht über die Ereignisse des Tages. Aurel präsentierte ihm eine sehr abgeschwächte Zusammenfassung, die so formuliert war, dass der Verdacht auf Fatoumata fiel.

»Ich bin sehr gespannt darauf, diese Frau zu treffen«, schloss Mortereau feinsinnig. »Sie haben mir eine gewissenhafte Darstellung der Dinge geliefert, und man spürt, dass Sie bei dieser Untersuchung niemanden belasten möchten. Ihr Sinn für Gerechtigkeit ehrt Sie. Aber sehen Sie, wenn man, so wie wir, Verantwortung übernimmt und beschließt, der Wahrheit um jeden Preis zum Sieg zu verhelfen, muss man sich klar für eine Seite entscheiden.«

Er sprach, eine Hand auf das Klavier gestützt und die Augen in die Ferne gerichtet, ein bisschen wie jene Sängerinnen, die Aurel als Kind manchmal im rumänischen Fernsehen gesehen hatte. Für einen Moment stellte er sich Mortereau in einem engen Kleid aus glänzendem Lamé vor, und er musste sich abwenden, um nicht in schallendes Gelächter auszubrechen.

»Nun, ich«, gab Mortereau mit hitziger Stimme von sich, »ich sage Ihnen, diese Fatoumata hat irgendetwas zu verbergen, und alle Indizien weisen auf sie.«

Aurel widersprach diesem Eindruck nicht, und der Generalkonsul warf ihm einen fast liebevollen Blick zu.

»Spielen Sie uns doch noch etwas vor, ja?«

Aurel stimmte eine Variation des amerikanischen Folkklassikers »The House of the Rising Sun« an. Anschließend, als er bemerkte, dass Mortereau noch immer nicht genug hatte, gähnte er auffallend lange und spielte mehrmals eine falsche Note. Nach zehn Minuten dieses Theaters kniff der Generalkonsul die Augen zusammen und klopfte Aurel auf die Schulter.

»Nehmen Sie es mir nicht übel, mein Lieber, aber ich glaube, Sie sind ein wenig müde. Doch, doch.«

Er gab Aurels schwachem Protest nicht nach und bestand darauf zu gehen.

\#

Als Mortereau gegangen war, blieb Aurel noch auf der Türschwelle stehen, um zu hören, ob der Wagen sich entfernte. Er wollte sichergehen, dass der Generalkonsul nicht unter irgendeinem Vorwand wieder zurückkehrte.

Dann ging er zurück in die Wohnung, verriegelte sämtliche Schlösser an der Tür und zog seinen Bademantel an. Schnell, ein Glas Weißwein! Die Flasche war gut gekühlt. Er nahm sie mit und trank sie innerhalb weniger Minuten zur Hälfte aus.

Die Nacht war still und windig. Er hörte ein Pfeifen im Gebälk und das Klappern eines defekten Fensterrahmens. Am liebsten wäre es ihm gewesen, wenn es auch noch geregnet hätte, aber dafür war nicht die richtige Jahreszeit.

Bei Ermittlungen war ihm genau dieser Moment stets der liebste: Wenn alles in seinem Kopf präsent war, aber ohne jede Ordnung. Er fühlte sich Gott gleich, der sich anschickt, einem Sammelsurium von leblosen Dingen seinen Atem einzuhauchen, um daraus einen Plan und neues Leben zu erschaffen.

Er kannte nun alle Personen in diesem Szenario, bis auf zwei Ausnahmen: Ignace, den ehemaligen Polizeichef, und diesen seltsamen Typen namens Piotr. Diese konnte er nicht unter einem konsularischen Vorwand befragen. Und er wollte auch nicht, dass sie von seinen Nachforschungen Wind bekamen. Diese Lücke war zwar lästig, aber würde ihn nicht daran hindern, die Wahrheit herauszufinden. Davon war Aurel felsenfest überzeugt, ohne sich erklären zu können, warum.

Er setzte sich wieder ans Klavier und spielte, um die Albereien mit dem Generalkonsul zu vergessen, sehr langsam einen Trauermarsch von Schumann, wobei er jede Note, die in der Wohnung verhallte, in seinem Geiste nachklingen ließ.

Dann stand er auf, schenkte sich nach und ging zum Tisch hinüber, auf dem ein Schachspiel aufgebaut war. Es war ein Andenken an seinen Vater: Elfenbeinfiguren, die im 19. Jahrhundert in Mitteleuropa geschnitzt worden waren. Es begleitete ihn auf jeder Reise, und er baute es auf einem gewöhnlichen Schachbrett auf. Es fehlten zwei Figuren, die er sich immer geschworen hatte zu ersetzen. Aber letztlich spielte er ohnehin nie, dafür war es zu kostbar. Er setzte sich auf einen Stuhl und betrachtete die kleinen Figuren. Der weiße König war eine hohe, gedrechselte Figur, und die von oben bis unten sichtbare Elfenbein-Maserung wirkte wie lange Mantelfalten, die sich mit der Zeit ein wenig verformt hatten. Dieser einst so majestätische und autoritär anmutende König wirkte nun wacklig und zerbrechlich. Aurel verkündete:

»Roger Béliot.«

Er nahm ihn und stellte ihn in der Mitte des Schachbretts auf.

Dann griff er nach der weißen Dame und platzierte sie neben dem König.

»Françoise.«

Er überlegte einen Moment und schob die Figur dann um drei Felder zurück, um die Distanz zwischen Béliot und seiner ersten Frau darzustellen.

Dann betrachtete er die schwarzen Spielfiguren. Er griff zunächst nach der Dame, die wie selbstverständlich für Fatoumata stand. Aber welche Figur sollte er dann Lucrecia zuordnen? Er überlegte lange, dann waren seine Hände schneller als seine Gedanken. Er ergriff den schwarzen König, positionierte ihn neben Béliot und dachte: Fatoumata.

Dann setzte er die schwarze Dame neben sie und sagte sich, dass sie für Lucrecia stand.

Diese ersten Entscheidungen boten bereits ein unerwartetes Bild. Fatoumata als schwarzer König strahlte eine Energie aus, die Aurel zwar überraschte, aber nicht schockierte. So sah er sie und hatte Grund zu der Annahme, dass Béliot sie auf die gleiche Weise wahrnahm: als Autorität, als Kraft, als Rivalin. Ihr gegenüber standen die beiden Damen, Françoise und Lucrecia, die, obwohl sie unterschiedliche Farben hatten, seelenverwandt zu sein schienen. Er dachte: Komplizinnen.

Dann überlegte Aurel, wo in diesem Gefüge er Ignace platzieren sollte, mit dem er noch nie gesprochen hatte. Ohne lange zu zögern, griff er nach einem schwarzen Turm. Der ehemalige Polizeichef war seit vielen Jahren in der Hauptstadt fest verwurzelt, kannte alle Facetten der Gesellschaft und verfügte über weitreichende Beziehungen. Stabilität, Macht und Gefahr waren die Worte, die ihn am besten charakterisierten. Aurel platzierte ihn neben dem schwarzen König, also an Fatoumatas Seite, der er, wie man sich erzählte, sehr nahestand.

Béliot hatte keinen vergleichbaren Verbündeten. Madame Ramoglio hatte es klar ausgedrückt: Er war allein, wo immer er auftauchte, von den Honoratioren gehasst oder verachtet. In Maputo genauso wie anderswo, aber hier vielleicht noch mehr, weil er inzwischen ein alter Mann war, den niemand mehr fürchtete.

Nur auf Piotr konnte er sich verlassen, einen armen Exilanten, den er nach Belieben herumkommandierte. Aurel wählte für ihn einen weißen Läufer.

Auch Fatoumata hatte jemanden, der nach ihrer Pfeife tanzte: ihren Sohn David, der bei seinem Vater alles auskundschaftete. Aurel stellte den schwarzen Läufer neben den weißen König.

Springer gab es auch auf beiden Seiten. So sah Aurel jedenfalls den Anwalt Bartolomeo, der um Françoise herumtänzelte und die Grenzen übersprang, um seiner eigentlichen Herrin Fatoumata sein Wissen mitzuteilen.

Und auf Béliots Seite positionierte Aurel eher willkürlich die weißen Springer, die für die beiden Buschmänner standen, die er auf der Beerdigung gesehen hatte.

Er trat einen Schritt zurück und betrachtete zufrieden sein Werk. Béliot war regelrecht umzingelt. Wenn man die Anzahl der Figuren, die Fatoumata unterstanden, mit seinen Untergebenen verglich, war er deutlich in der Unterzahl.

Aurel schenkte sich Weißwein nach, zog seine Hausschuhe aus und massierte sich die Füße, während er das Schachbrett betrachtete. Irgendetwas fehlte, aber er konnte nicht sagen, was es war. Die Lösung brachte in einem solchen Fall immer das Klavier. Er begann eine Melodie von Duke Ellington zu spielen. Jazz zu spielen, war eine schwierige Übung für ihn, denn von Natur aus fehlte es ihm an Rhythmusgefühl, so seltsam es auch klingen mochte. Mit der Zeit hatte er sich daran gewöhnt. Er hatte sich, um seinen Lebensunterhalt bestreiten zu können, der Varieté-Musik zugewandt, aber im Grunde war er für die klassische Musik geschaffen.

Während er spielte, dachte er über den Rhythmus und sein Verhältnis zum Leben nach. Und ohne es zu wollen, kam er auf Béliot zurück. Welchen Rhythmus könnte er gehabt haben? Aurel kannte seine Geschichte, seine Gewohnheiten und sein Umfeld. Aber er dachte zum ersten Mal darüber nach, dass auch ein Mensch einen Rhythmus hat, eine Art, sein

Leben zu organisieren. Für Françoise zum Beispiel war der Rhythmus lange Zeit der ihrer Briefe: Ein- oder zweimal im Jahr bat sie Béliot schriftlich um Geld. Und dann war sie urplötzlich hier aufgetaucht und hatte den Rhythmus durchbrochen. Übrigens nicht nur ihren eigenen. Sie hatte damit auch den Rhythmus der anderen gestört. Aurel hörte auf zu spielen und kehrte zum Schachbrett zurück.

Welchen Rhythmus hatte Fatoumata? Auch sie war von Béliot getrennt. Doch sie blieb in der Nähe. Wie oft in der Woche kam sie ins Hotel? Und wenn sie kam, traf sie dann Lucrecia? Das war unwahrscheinlich. Béliot war sicherlich nicht daran gelegen, dass die beiden Frauen miteinander sprachen. Taten sie es trotzdem?

Lucrecias Rhythmus war relativ klar: Sie war immer im Hotel. Laut Françoise, die zugegebenermaßen eine böse Zunge hatte, verbrachte das junge Mädchen jede Nacht mit Béliot. Alle Nächte beziehungsweise fast alle, denn am Tag des Mordes hatte sie sich nicht im Hotel befunden. Ihren eigenen Angaben zufolge war dafür eine dringende Familienangelegenheit der Grund. Jedenfalls wurde dadurch an jenem Abend ihr eigener Rhythmus unterbrochen.

Aurel stand auf und entkorkte eine weitere Flasche Tokajer. Mit seinem Glas kehrte er zum Schachbrett zurück. Er hatte schon einiges getrunken, und seine Gedanken nahmen die unscharfe Form an, die Voraussetzung für seine Intuition war. Er streckte sich und vertiefte sich wieder in die Betrachtung der Schachfiguren. Sie alle umzingelten Béliot, und das war gar nicht gut.

»Er sieht sie nacheinander.«

Aurel hatte diesen Satz unbewusst laut ausgesprochen. Er elektrisierte ihn förmlich. Diesem Gedanken musste er nachgehen. Wenn jede Person ihren eigenen Rhythmus im Umgang mit Béliot hatte, so lag das an ihm. Er war es, der seine Kontakte organisierte, indem er jedem Einzelnen zwar nicht seinen Platz – in dieser Hinsicht kontrollierte er nichts oder nur sehr wenig –, wohl aber seinen Rhythmus zuwies. Er entschied, wann der eine oder die andere bei ihm zu erscheinen hatte. Und er organisierte es so, dass sich die einzelnen Personen nicht begegneten.

Béliot, der körperlich eingeschränkt, wackelig auf den Beinen und vom Whisky benommen war, verfügte nur noch über eine einzige wirksame Macht: Er organisierte das Ballett der Personen, die ihn umgaben. Er befehligte den Rhythmus der anderen.

Aurel schloss die Augen und fiel in einen scheinbaren Dämmerzustand. Der trat immer dann ein, wenn eine Idee in ihm aufkeimte, die zur Lösung eines verzwickten Falls beitrug.

Plötzlich sprang er mit einem Satz auf. Er torkelte durchs Wohnzimmer und hielt sich an den Möbeln fest, als müsste er sich an Bord eines Schiffes gegen einen Sturm stemmen. Er schaffte es bis zum Telefon. Es war ein altes Festnetzgerät, dessen Hörer über ein Spiralkabel mit dem Apparat verbunden war. Er hob den Hörer ab, doch die Nummer, die er wählen wollte, fiel ihm nicht ein. So musste er wieder den ganzen Raum durchqueren, wobei er eine Lampe umwarf. Er kramte in seiner Jackentasche nach dem Zettel mit der Nummer, ging zum Telefon zurück und wählte sie mit Mühe. Am anderen Ende der Leitung hörte er es klingeln, doch niemand hob ab. Er wählte die Nummer erneut. Beim sechsten Klingeln vernahm er am anderen Ende der Leitung eine schlaftrunkene Stimme.

»Hallo, ist da das Gefängnis?«
»Ja, ...«
»Isidore?«

»Am Apparat. Was wollen Sie?«

»Hier ist Timescu. Der französische Konsul.«

»Sind Sie noch ganz bei Trost? Entschuldigen Sie, Monsieur le Consul, aber es ist mitten in der Nacht.«

»Isidore, Sie haben doch selbst angeboten, mir einen Gefallen zu tun. Haben Sie das vergessen?«

»Na gut, aber nachts, immerhin ...«

»Sind Sie bei der Arbeit?«

»Natürlich, ich habe Ihnen doch erzählt, dass man mich jetzt für die Nachtschicht eingeteilt hat.«

»Dann sollten Sie auch nicht schlafen.«

»Ich habe nicht gesagt, dass ich geschlafen habe.«

»In diesem Fall bitte ich Sie Folgendes zu tun. Ist Madame Béliot immer noch bei Ihnen?«

»Ja.«

»Gut. Dann klopfen Sie bitte an ihre Zellentür und stellen Sie ihr in meinem Namen eine Frage.«

»Können Sie ihr die nicht morgen selbst stellen?«

»Ihr Direktor lässt mich nicht ein drittes Mal innerhalb von zwei Tagen zu ihr.«

»Warum nicht?«

»Das spielt jetzt keine Rolle, es ist dringend«, unterbrach ihn Aurel und hob die Stimme. »Es ist wirklich dringend, Isidore.«

»Nun gut. Einverstanden.«

»Fragen Sie sie bitte Folgendes und hören Sie mir gut zu: War der Pool an dem Morgen, als sie Béliots Leichnam gefunden hat, beleuchtet?«

»Oh, das ist jetzt nicht Ihr Ernst! Also wirklich, so ein Unsinn mitten in der Nacht! Bei allem Respekt, Monsieur le Consul, ich sage es frei heraus: Es ist nicht nett, so einen Schabernack mit mir zu treiben ...«

»Seien Sie still, Isidore!«, befahl Aurel. »Stellen Sie ihr diese Frage, bitte. Es ist wichtig. Sehr wichtig. Und wenn sie Ihnen mit Ja antwortet – passen Sie gut auf –, dann fragen Sie sie, welche Farbe der Pool hatte. Können Sie das behalten?«
»Welche Farbe der Pool hatte?«
»Die Farbe der Poolbeleuchtung.«
Ein tiefer Seufzer ertönte aus dem Hörer. Dann vernahm Aurel, wie der Wärter das Telefon auf dem Tisch abstellte. Er wartete lange. Laute Schritte waren zu hören, die von den kahlen Gefängnismauern widerhallten. Schließlich griff Isidore wieder nach dem Hörer.
»Sie sagt, der Pool war beleuchtet.«
»Die Farbe, Isidore! Welche Farbe?«
»Grün.«
»Danke«, seufzte Aurel und legte auf.

#

Aurel trat auf seinen kleinen Balkon hinaus, ohne sich vorher etwas übergezogen zu haben, wobei er Béliot nach dem Aufstehen ähnelte. Er trat von einem Bein aufs andere. Die kühle Nachtluft sorgte dafür, dass sein Kopf wieder klarer wurde. Die Zeit für Intuition und Fantasien war vorbei. Nun hielt er einen Faden in der Hand, dem er nur noch folgen musste.

Er ging wieder hinein und setzte sich an seinen Laptop. Das war ein weiteres Geheimnis, das er stets sorgfältig vor seinen Arbeitgebern verbarg. Er tat immer so, als habe er keine Ahnung von neuen Technologien, und diese Einschränkung war ein zusätzlicher Schutz gegen jeden Versuch, ihm Arbeit aufzuerlegen. In Wahrheit tippte er ebenso begeistert auf der Tastatur seines Laptops, wie er auf der Elfenbeintastatur seines

Klaviers klimperte. Und zu dieser nächtlichen Zeit war der Laptop das erforderliche Mittel seiner Wahl.

Er stürzte sich mit großem Elan in die Recherche. Nebenbei trällerte er Opernarien, zu denen er sich verrückte Texte ausdachte. Je mehr er mit seinen Nachforschungen vorankam und seinen Verdacht bestätigt sah, desto lauter und tiefer schmetterte er die Melodien. Als er die unterste Stimmlage des Baritons erreichte, stieß er auf die Erkenntnis, nach der er gesucht hatte. Schnell klappte er den Laptop zu und zog sich eine Hose und ein Jackett an. Dann trat er hinaus in die Nacht und ging mit großen Schritten zu dem Platz hinüber, auf dem Taxis am Ausgang einer Diskothek warteten.

#

Der Wachmann weigerte sich zunächst, die Nonnen zu wecken. Doch angesichts von Aurels Geschrei und der Tatsache, dass er drohend mit seinem Diplomatenpass vor ihm herumfuchtelte, ging er schließlich und holte Marie de l'Incarnation aus dem Bett.

Es dauerte recht lange, bis sie kam. Im Gehen rückte sie noch ihre Flügelhaube zurecht. Doch als sie Aurel vor der Tür des Besucherzimmers entdeckte, zuckte sie unwillkürlich zusammen. Es war vielleicht noch hinnehmbar, dass er nach Alkohol roch. Doch schockierender fand sie, dass er das Jackett direkt über sein Unterhemd gezogen hatte. Und seine Hose war derart kurz, dass man seine behaarten Waden sah, und die bloßen Füße in seinen Schuhen. Als sie den Grund seines Besuches erfuhr, war ihre Entrüstung komplett.

»Es kommt überhaupt nicht infrage, Monsieur le Consul, dass ich Mademoiselle Lucrecia wecke. Zunächst erklären Sie mir, was Sie eigentlich von ihr möchten.«

Der Wachmann war in der Nähe der Tür stehen geblieben und beobachtete die Szene. Er war bereit, jederzeit einzuschreiten, falls Aurel zu weit gehen sollte.

»Schwester«, flehte dieser sie mit gefalteten Händen an, »ich kann Ihnen nicht sagen, warum, aber ich versichere Ihnen, dass Sie Lucrecia unbedingt holen müssen. Es geht um das Schicksal einer Person, die zu Unrecht im Gefängnis sitzt.«

Die Schwester musterte ihn misstrauisch. Aurel tat alles, um sie zu überzeugen. Schließlich entschied sich die Nonne, diese Pascal'sche Wette anzunehmen: Sie würde vielleicht – wie Aurel behauptete – alles gewinnen, wenn sie Lucrecia aufweckte, und andererseits nicht viel verlieren, wenn sie sie umsonst gestört hätte.

»Warten Sie hier.«

Nach einer ewig anmutenden Viertelstunde kam sie zurück. Lucrecia schlurfte mit halb geschlossenen Augen hinter ihr her. Aurel ergriff ihre Hände und schüttelte sie.

»Lucrecia, bitte, wachen Sie auf. Ich brauche Sie.«

»Sofort?«

»Ja. Sofort. Morgen früh, was soll ich sagen, in knapp fünf Stunden, wenn der Tag anbricht, ist es zu spät. Folgen Sie mir!«

Lucrecia schüttelte den Kopf und brauchte einen Moment, um zu verstehen.

»Ist es wegen Françoise?«

»Ja. Und auch Ihretwegen. Es geht um die Wahrheit! Um Gerechtigkeit!«

Sie zuckte mit den Achseln. So clever er auch sein mochte, so wirkte dieser kauzige Kerl doch auch immer ein wenig verwirrt.

»Gut. Warten Sie, bis ich mir was angezogen habe.«

»Fünf Minuten.«

»Fünfzehn.«

»Na gut!«, stimmte Aurel zu, dann ließ er sich auf das harte Sofa fallen und entspannte sich, während er in einer dieser aufregenden Ausgaben des *L'Osservatore Romano* blätterte.

#

Das Taxi wartete vor dem Kloster. Aurel hatte den Fahrer im Voraus bezahlt, und zwar so großzügig, dass dieser keine Skrupel hatte, solange ein Nickerchen zu machen, bis dieser seltsame Kunde zurückkam. Wenn man sich schon dafür entschied, nachts zu arbeiten, musste man schließlich damit rechnen, merkwürdigen Gestalten zu begegnen.

Als er sah, wie Aurel mit einer jungen Afrikanerin wieder herauskam, die sich in einen engen Jeansrock gezwängt hatte, glaubte er zu wissen, mit wem er es zu tun hatte. Es war nur merkwürdig, dass der Kunde sich ein Mädchen aus dem Kloster geholt hatte. Aber heutzutage ...

Wie der Fahrer es schon vermutet hatte, bat ihn Aurel, sie in ein Hotel zu fahren. Die Residenz dos Camarões war zwar keine Unterkunft, die für derartige Dienstleistungen bekannt war, aber nun ja ...

Noch seltsamer war allerdings Aurels Wunsch, als sie sich dem Hotel näherten. Er befahl dem Taxifahrer, anzuhalten, und das Mädchen stieg allein aus. Auf ihren hohen Absätzen stöckelte sie mit wiegenden Hüften zum Häuschen des Wachmanns. Sie klopfte mehrmals, und nach einer Weile wurde ihr geöffnet. Es folgte eine längere Unterredung, von der kein einziges Wort bis zum Auto drang. Mit unschuldiger Miene hatte der Fahrer die Wagenfenster geöffnet und spitzte die Ohren. Schließlich kam das Mädchen zurück. Sie beugte sich zur hinteren Autotür hinunter.

»Der Wachmann sagt, es sei niemand da.«

»Seit Ihrer Abreise ist niemand vorbeigekommen?«

»Doch, doch. Ihm zufolge haben Fatoumata und ihr Sohn den ganzen Tag hier verbracht. Der ehemalige Polizeichef kam dann gegen sechzehn Uhr dazu. Sie sind alle zusammen wieder gegangen, bevor es dunkel wurde.«

»Haben Sie etwas mitgenommen?«

»Nein, sie haben angefangen, ein paar Koffer zu packen, aber noch nichts davon hinausgetragen.«

Aurel seufzte erleichtert.

»Können wir jetzt hineingehen?«

»Er hat nichts dagegen, aber wenn jemand kommt, wird er behaupten, dass wir uns durch das hintere Gartentor Zutritt verschafft haben und er nichts gesehen hat.«

»Wie er will. Es dauert ohnehin nicht lange.«

Aurel kletterte von der Rückbank ins Freie. Als er sich gerade mit Lucrecia auf den Weg machen wollte, wandte er sich noch einmal dem Fahrer zu.

»Wenn Sie ein Auto kommen sehen, hupen Sie bitte zweimal kurz hintereinander, um uns zu warnen.«

Der Fahrer nickte. Die ganze Sache war komplizierter, als er erwartet hatte, und sicher nicht ohne Risiko. Er fragte sich, ob es nicht besser wäre, diesen zweifelhaften Kunden zu versetzen. Andererseits hatte man ihn bezahlt ... Allerdings hatte das Mädchen von einem Polizeichef gesprochen. Diese Leute mussten Beziehungen haben, und wenn er ihnen übel mitspielte, waren sie bestimmt in der Lage, ihn aufzuspüren und sich zu rächen. Also blieb er.

Lucrecia und Aurel schlichen vorsichtig in der Dunkelheit durch den Garten. Fatoumata und ihr Sohn hatten beim Verlassen des Hauses alle Lichter ausgeschaltet. Die Zeit der kostspieligen nächtlichen Beleuchtung, die Béliot so gut gefallen hatte, war vorbei. Das Hotel selbst wirkte wie ein düsterer Klotz, fast bedrohlich. Nur die kleinen grünen Lichter, die die Notausgänge kennzeichneten, beleuchteten schwach die Terrasse und die Balkone. Auf dem Weg zu Béliots Zimmer schaltete Lucrecia die Taschenlampe ihres Handys ein. In dem fahlen Lichtschein wirkte das Zimmer verwüstet. Die Schranktüren standen weit offen, Berge von Kleidungsstücken lagen am Boden verstreut, die Schubladen der Kommoden waren herausgezogen und ausgeräumt worden.

»Haben sie vielleicht nach etwas gesucht?«, fragte Aurel mit leiser Stimme.

»Das glaube ich nicht. Danach sieht es nicht aus.«

»Also, was ist es dann?«

»Eher eine Plünderung«, sagte sie in ihrem monotonen, teilnahmslosen Tonfall. »Sie nehmen mit, was wertvoll ist. Und hoffen vielleicht darauf, dass sie hier noch irgendwo auf einen Schatz stoßen«, meinte sie achselzuckend.

»Und, gibt es einen?«, wollte Aurel wissen.

Er kannte Lucrecias Meinung. Sie hatte eine große Rolle bei den Schlussfolgerungen gespielt, die ihn bis hierhergeführt hatten. Aber er wollte, dass sie es ihm noch einmal bestätigte.

»Dieses Hotel war das einzige Vermögen, das Roger besaß. Und außerdem hat er es noch mit Hypotheken belastet.«

»Wusste Fatoumata davon?«

»Vielleicht ahnte sie es. Aber ihr gegenüber hatte Roger immer Minderwertigkeitskomplexe. Vor ihr prahlte er immer. Es würde mich wundern, wenn sie gewusst hätte, wie tief er in der Patsche saß.«

Eine Windböe ließ die Palmen ächzen. Aurel zuckte zusammen.

»Gut. Wie auch immer. Kommen wir auf das zurück, wonach sie gesucht haben. Was glauben Sie, wo es versteckt ist? Wenn es hier im Zimmer ist, müssten sie es gefunden haben.«

»Es ist nicht im Schlafzimmer«, erklärte Lucrecia entschieden.

»Wo dann?«

»Ich weiß es nicht.«

»Wie?«

»Ich weiß es wirklich nicht. Er hat mir nur eines Abends einen Ausschnitt auf seinem Computer gezeigt. Aber ich habe keine Ahnung, woher es stammte.«

»Aber Sie haben mir doch gesagt, dass Sie es finden könnten ...?«

»Das kann ich, ja. Ich muss nur nachdenken, das ist alles.«

Sie sagte das sehr bestimmt, und Aurel schwieg. Lucrecia ging zu der Stelle, an der Béliot immer auf der Terrasse gesessen hatte. Sie beleuchtete den niedrigen Tisch und beugte sich hinab, um darunter zu schauen. Das grelle LED-Licht ließ alles schäbig und unkenntlich erscheinen. Wenn man sich vorstellte, wie viele Tage, Monate, Jahre Béliot in diesem Loch gehaust hatte, seine Füße unter diesem verdreckten Tisch ausgestreckt, nur mit einem armseligen Klingelknopf bewaffnet, wurde das ganze Ausmaß seines einsamen Elends deutlich.

»Hier«, sagte Lucrecia ruhig. »Ich hab's.«

Ihr Arm war bis zur Schulter unter der Tischplatte verschwunden, sodass Aurel nicht erkennen konnte, was sie in der Hand hielt. Sie verzog das Gesicht, und etwas gab ruckartig nach. Sie richtete sich wieder auf und hielt ein Kabel in der Hand. Es war ein altes Mehrfachkabel, wie es vor rund dreißig Jahren in Frankreich hergestellt wurde.

»Sind Sie sicher? Dieses alte Ding ...«

»Er hat mir erzählt, dass er das schon seit vielen Jahren machte. Die Montage muss vor langer Zeit erfolgt sein.«

Aurel betrachtete das Kabel. Lucrecia hatte beim Herausziehen ein Ende abgerissen und zwei Kupferbüschel ragten aus dem Plastiküberzug. Auf der anderen Seite verschwand das Kabel, das von der Fuge zwischen zwei Fliesen verdeckt wurde, im Boden. Aurel zerrte so lange an dem Kabel, bis die Fuge aufplatzte, und sie der Leitung bis zur Wand folgen konnten, wo sie hinter einer Fußleiste verborgen war. Lucrecia betrachtete den Verlauf des Kabels.

»Ich glaube, ich weiß, wohin es führt.«

»Meinen Sie?«

»Ich bin mir sicher.«

»Na dann«, sagte Aurel mit einem breiten Lächeln, »worauf warten wir noch?«

XIII

Am Vorabend war der Botschafter Jocelyn du Pellepoix de la Neuville unbemerkt von einer Südafrikareise mit seiner Frau zurückgekehrt. Ihm war stets daran gelegen, dass seine Mitarbeiter nicht zu genau über seine Reisen informiert waren. Er hatte sie daran gewöhnt, ohne ihn auszukommen und jederzeit damit zu rechnen, dass er plötzlich auftauchte.

Er war um die fünfzig und hatte große berufliche Ambitionen. Vor seinem Eintritt in das Außenministerium am Quai d'Orsay hatte er Chinesisch studiert, und er ging davon aus, eines Tages in Peking zum Botschafter berufen zu werden. Das erforderte Geduld und Geschicklichkeit. Er durfte keinen Fauxpas begehen, sondern musste sich die Fehler anderer zunutze machen. Zu diesem Zwecke folgte er der unumstößlichen Regel: Bloß kein Aufsehen erregen!

Seit Pellepoix die Leitung dieser afrikanischen Botschaft übernommen hatte, die für ihn die reinste Quälerei war, hatte er für einen Sicherheitsabstand zwischen sich und seinen Mitarbeitern gesorgt. Sie hatten schnell begriffen, dass sie ihn nicht mit Problemen behelligen durften, sondern nur mit deren Lösungen. Abgeschirmt von einer Schar Sekretärinnen, die den Zugang zu ihm strengstens bewachten, schloss er sich von morgens bis abends in seinem Büro ein. Und seine Residenz war gesichert wie Fort Knox. Der einzige Ausgang, den er sich gestattete, führte zum Golfplatz. Der von Maputo war ganz passabel, sofern man der Umgebung keine Beachtung schenkte. Das Buschwerk war voller Unrat, der über den Zaun geworfen worden war. Während der heißen Jahreszeit stand nicht ausreichend Wasser zur Verfügung, um die Greens zu bewässern, sodass sie gelb wurden und sich in wahre Strohmatten verwandelten.

Der Botschafter vermied es auch, Landsleute zu treffen. Sie belästigten ihn unaufhörlich mit ihren Verwaltungsproblemen und dem Buhlen um irgendwelche Auszeichnungen. Also spielte er gerne ganz früh am Morgen. Der Golfplatz hatte sich noch etwas von der nächtlichen Kühle bewahrt und war verlassen. Der afrikanische Caddy trug seine Schlägertasche, ohne das Wort an ihn zu richten, und das war auch gut so. Gerade hatte er einen Long Drive zum achten Loch platziert. Die Augen mit der Hand beschirmt, folgte sein Blick dem Ball, der in der Nähe eines Bunkers aufschlug, ohne hineinzufallen, und dann zum Ende des Greens rollte. Das war einer seiner besten Schläge.

»Bravo, Jocelyn«, murmelte er.

Er lobte sich gerne selbst. Denn die Komplimente, die er sich selbst machte, waren die einzigen, an deren Aufrichtigkeit er nicht zweifelte.

»Schöner Schlag!«

Er nickte.

»Ja«, antwortete er gedankenlos, ehe ihm bewusst wurde, dass dieser Kommentar nicht von ihm selbst stammte.

Er fuhr herum und sah in der Nähe des Tees einen seltsamen kleinen Mann, der ihm irgendwie bekannt vorkam.

Der Mann, schütteres Haar, dunkle Ringe unter den Augen, trug eine Anzugjacke über seinem schmuddelig-weißen Unterhemd. Die nicht dazu passende Hose war nicht nur zu kurz, sondern auch zu weit, weshalb sie in der Taille mit einem schwarz glänzenden Gürtel aus Krokodilleder zusammengehalten wurde. Sie gab den Blick auf zwei nackte Füße frei, die in lacklederen Mokassins steckten.

»Aurel Timescu«, verkündete der Unbekannte und vollführte eine Art Verbeugung. »Als Konsul habe ich die Ehre, in Ihrem Dienst zu stehen, Monsieur l'Ambassadeur.«

»Was wollen Sie?«

Jocelyn du Pellepoix de la Neuville erinnerte sich an dieses Individuum, dessen Versetzung in sein Team ihm missfallen hatte. Aber glücklicherweise kümmerte sich der junge und noch unerfahrene Mortereau mit seiner Samariterseele um ihn, und der Botschafter hatte seitdem nichts mehr über ihn gehört.

»Wie Sie sehen, bin ich nicht im Dienst«, erklärte er kurz angebunden. »Wenn Sie mir etwas Persönliches zu sagen haben, machen Sie einen Termin mit meinem Sekretariat aus, handelt es sich um etwas Dienstliches, dann halten Sie sich an den hierarchischen Dienstweg.«

Schon wandte er sich dem Caddy zu, um nach einem Putter zu fragen, und schickte sich an, zu seinem Ball zu gehen. Der kleine Konsul trottete hinter ihm her und verstellte ihm dann mit unerwarteter Flinkheit den Weg.

»Ich muss mit Ihnen über ein Verbrechen sprechen.«

»Ein neues Verbrechen?«

»Nein, es geht immer noch um den Hotelier Roger Béliot.«

»Dieser alte Verrückte! Anscheinend steckt seine Ex-Frau dahinter. Das rechtfertigt nicht, dass Sie mich stören.«

»Es gibt etwas Neues bei den Ermittlungen.«

»Bei welchen Ermittlungen?«

»Bei meinen.«

»Soweit ich weiß, sind Sie kein Polizist«, höhnte der Botschafter.

»In der Tat«, räumte Aurel ein und senkte den Kopf.

Pellepoix nutzte diesen Rückzug, um ihm den Gnadenstoß zu versetzen und fügte hinzu:

»Und warum wendet sich nicht Ihr Vorgesetzter, Monsieur Mortereau an mich? Mir scheint, das wäre die normale Vorgehensweise. Hat er Sie beauftragt, mich zu stören?«

»Nein, Monsieur l'Ambassadeur«, gab Aurel mit reuevoller Miene zu. »Er weiß nichts davon.«

»Dann lassen Sie mich in Ruhe. Wenn Sie mir etwas zu sagen haben, geben Sie eine schriftliche Mitteilung in meinem Sekretariat ab.«

Er hatte schon nach dem Putter gegriffen, den ihm der Caddy reichte, als Aurel plötzlich bestimmt sagte:

»Wenn ich das tue, ist es zu spät.«

Der Botschafter erstarrte. Durch seine lange Berufserfahrung vermochte er eine Drohung zu erkennen.

»Zu spät für wen?«

»Für Sie.«

Eine Weile musterten sich die beiden Männer herausfordernd. Jocelyn du Pellepoix in seiner makellosen Golfhose, den blau-weißen Schuhen und dem grünen glatt gebügelten Poloshirt und Aurel, der in seiner zerknitterten Kleidung wie ein Clown aussah. Und der Clown lächelte, ehe er ruhig fortfuhr:

»Um elf Uhr dreißig sind Sie in Ihrem Büro in der Botschaft mit der Delegation der Umweltschützer verabredet. Bis dahin bleibt genügend Zeit, damit sie die Wahrheit erfahren.«

»Welche Wahrheit?«

Aurel legte die linke Hand in den Nacken, winkelte die Finger an und kratzte sich mit der genüsslichen Miene eines Pavians, der sich entlaust.

»Welche Wahrheit?«, fragte der Botschafter noch einmal herrisch.

Aurel hörte auf, sich zu kratzen, betrachtete mit andächtiger Verwunderung seine schwarzen Fingernägel und ließ sich Zeit mit der Antwort.

»Die Wahrheit? Nun, dass wir den Handel mit Elfenbein verschleiern und Komplizen einer Staatslüge sind, um eine mit Frankreich verbündete Regierung zu schützen. Das zumindest werden diese Umweltschützer glauben.«

Aurel ließ den Botschafter diese Worte verdauen und fuhr dann seufzend fort, als würde er zu sich selbst sprechen:

»Was will man machen, diese Angelsachsen und Skandinavier wittern überall Kolonialismus. Das ist wirklich bedauerlich. Auch wenn Mosambik keine ehemalige französische Kolonie ist, so haben wir es dennoch in unseren Schoß aufgenommen. Es ist ein frankophones Land – merkwürdig, nicht wahr? Und unlängst gehörte es laut unserem Kooperationsministerium zu dem, was man als Einflusssphäre bezeichnet. Das heißt ...«

»Das reicht!«, unterbrach ihn der Botschafter.

Von dem ganzen Gefasel hatte er nur eines behalten: Es drohte womöglich ein Skandal. Er musste ihn im Keim ersticken, egal, ob er auf dem Mist dieses Störenfrieds gewachsen war oder aus komplexeren Ereignissen resultierte, von denen er nichts wusste. Das Dringlichste war, die Bombe zu entschärfen.

»Sie beginnen mit dem Mord an dem Hotelier, und jetzt sprechen Sie von der UN-Delegation der Umweltschützer. Ich sehe da keinen Zusammenhang. Geben Sie mir eine Erklärung.«

»Eine Erklärung? Aber genau danach wollte ich Sie fragen, Monsieur l'Ambassadeur! Ich bin erfreut, festzustellen, dass Sie mir zuhören möchten.«

»Ja, ich höre Ihnen zu.«

Aurel verzog verlegen das Gesicht. Er sah sich nach beiden Seiten um und deutete mit den Armen an, dass der verlassene Golfplatz allmählich immer mehr in der Sonne lag.

»Der Ort ist nicht gerade gut geeignet. Meine Erklärung dauert eine ganze Weile, und die Hitze setzt ein.«

»Dann gehen wir in mein Büro«, schlug der Botschafter eilig vor.

Die Vorstellung, seine Polizisten und Sekretärinnen um sich zu haben, gab ihm Hoffnung, sich von diesem Typen zu befreien oder ihm zumindest den Wind aus den Segeln zu nehmen.

»Dort haben wir nicht wirklich Ruhe«, lehnte Aurel den Vorschlag ab. »Ich kenne einen sehr ruhigen Ort, der neutraler ist. Wenn Sie mir mit Ihrem Wagen folgen, führe ich Sie dorthin. Ich bin mit einem blauen Taxi unterwegs, das am Eingang des Golfplatzes wartet.«

Pellepoix zögerte. Aber was riskierte er schon? Wenn dieser verrückte Kerl ihn in einen Hinterhalt lockte, würde sein Chauffeur ihn warnen. Sobald er im Auto säße, wo er sein Handy zurückgelassen hatte, würde er sein Büro anrufen, um die Lokalisierung seines Telefons aktivieren zu lassen.

»Also gut.«

Mit großen Schritten ging er zum Clubhaus und stieg, ohne sich umzuziehen, in den Fond seines Wagens.

»Folgen Sie dem Taxi, Norbert.«

Und der seltsame Konvoi verließ den Golfplatz – ein altes, verbeultes Taxi, übersät mit Aufklebern der Heiligen Jungfrau, die die zahlreichen Rostlöcher verbargen, geleitete die glänzende Limousine des Diplomatischen Corps, die der Fahrer, wie jeden Morgen, gewienert hatte.

Zehn Minuten fuhren sie durch die vom roten Lateritstaub bedeckten Straßen, die mit Motorrädern und Fußgängern verstopft waren. Der Rauch der großen Lastwagen kroch in malvenfarbenen Wolken über den Asphalt. Aurel streckte einen Arm aus dem geöffneten Fenster des Taxis. Mit der Freude eines Städters, der im Urlaub die reine Bergluft atmet, sog er den Dieselgeruch tief ein.

Endlich hielten sie vor dem schwarzen Metalltor und fuhren dann nacheinander in den Hof des Karmeliterklosters.

Der Erste, dem sie begegneten, war der verstörte Mortereau. Er lief zum Taxi, doch als er gleich darauf den Wagen des Botschafters sah, geriet er gänzlich aus der Fassung. Der innere Zwiespalt zwischen Neugier und Unterwürfigkeit war ihm anzusehen.

»Ich verstehe nicht«, stammelte er an Aurel gewandt, wobei er den Botschafter in seinem Golf-Outfit nicht aus den Augen ließ. »Eine Nonne ist zum Konsulat gekommen, um mir zu sagen, meine Anwesenheit im Kloster sei dringend erforderlich. Und dann treffe ich Sie hier an ... Meine Verehrung, Monsieur l'Ambassadeur. Sicher haben Sie mich holen lassen?«

»Nein, das war ich«, unterbrach ihn Aurel mit der näselnden Stimme eines Anrufbeantworters.

»Ach so! Sie? Aber warum?«

»Lassen Sie uns hineingehen«, sagte Aurel und trat in das Besucherzimmer der Nonnen, das ihm bereits vertraut war.

Dort empfing sie die Oberin. Lucrecia hatte ihr erzählt, was geschehen würde, und sie ließ ihre Gäste allein, sobald diese Platz genommen hatten. Aurel machte es sich auf seinem Stammsofa gemütlich. Mortereau setzte sich auf die äußerste Kante eines Sessels, und der Botschafter, der es vorgezogen hatte, stehen zu bleiben, hockte sich schließlich auf die breite Lehne des zweiten Sofas.

»Wir hören«, tönte er ungeduldig.

Mortereau wollte sich in Entschuldigungen ergehen, doch

Aurel ergriff das Wort und begann seine Ausführungen mit einer Selbstüberzeugtheit, die ihm der Generalkonsul nicht zugetraut hätte. Kurz war Mortereau geneigt, sich zu freuen, denn die Metamorphose seines Schützlings war ein Grund, stolz zu sein. Doch schnell ergriff ihn Panik, weil er sich fragte, was dieser unvorhersehbare Mensch wohl zu erzählen hatte.

»Als Erstes, Monsieur l'Ambassadeur, möchte ich erklären, dass ich die volle Verantwortung für diese Ermittlung und ihre Konsequenzen trage. Der hier anwesende Monsieur le Consul Général hat mir keinerlei Anweisungen gegeben, und ich habe eigenverantwortlich gehandelt.«

Mortereau schien verlegen. Behauptete er, informiert zu sein, würde er sich auf eine Sache einlassen, deren Ausgang mehr als unvorhersehbar war und von seinem Untergebenen bestimmt wurde. Im gegenteiligen Fall verlor er jegliche Möglichkeit, die Lorbeeren einer bedeutenden Entdeckung zu ernten. Also schwieg er und versuchte mit mäßigem Erfolg, ein Lächeln aufzusetzen, wie er es in heiklen Situationen beim Botschafter beobachtet hatte: Der rechte Mundwinkel hob sich und deutete einen vagen Ausdruck der Zufriedenheit an, während der linke sich senkte und dem ganzen Gesicht damit einen vorwurfsvollen Ausdruck verlieh.

»Nach dem Tod von Roger Béliot«, fuhr Aurel fort, »wurde mir die Aufgabe übertragen, seiner wegen Mordes angeklagten und inhaftierten Ex-Frau einen konsularischen Besuch abzustatten.«

Der Botschafter wippte nervös mit dem Fuß. Der Rhythmus dieses Geständnisses war ihm zu langsam. Er hatte es eilig, zum Punkt zu kommen. Aber Aurel ließ sich damit Zeit.

»Ich bin schnell zu der Überzeugung gelangt, dass diese Frau zu Unrecht angeklagt war.«

»Also haben Sie Ihre kleinen privaten Nachforschungen angestellt«, unterbrach ihn Pellepoix de la Neuville, um die Angelegenheit zu beschleunigen.

Aurel hingegen folgte seinem Gedankengang.

»Béliots Leben war kompliziert. Eine erste französische Gemahlin, von der er seit Jahren getrennt war, eine zweite mosambikanische Frau, die auf ihrem eigenen Anwesen lebte, und eine junge Geliebte, die an diesem Ort ist.«

»Eine Nonne!«, rief Pellepoix aus und richtete sich auf.

»Welch blühende Fantasie, Monsieur l'Ambassadeur!«, scherzte Aurel und drohte mit dem Zeigefinger, als würde er mit einem Kind schimpfen. »Nein, nein, Lucrecia wohnt nur vorübergehend hier. Die Nonnen haben sie aufgenommen.«

Der Diplomat zuckte mit den Schultern und errötete leicht, wütend darüber, seine geheimen Fantasien offenbart zu haben.

»Auf den ersten Blick«, fuhr Aurel fort, »war das Opfer von Konflikten und Hass umgeben. Somit drängte sich der Verdacht auf, dass er von einer seiner Frauen getötet wurde. Aber ich bin schnell zu einer erstaunlichen Erkenntnis gelangt: Sie liebten ihn alle – oder hatten ihn früher einmal geliebt und brachten ihm nun weiterhin Respekt entgegen. Wenn es Sie interessiert, kann ich versuchen, Ihnen die Gründe dafür zu erklären.«

Pellepoix gestikulierte ungeduldig. Er war außerstande, sich diesen Hirngespinsten zu entziehen, doch zugleich spürte er, dass er diesem unsinnigen Monolog ein Ende setzen musste. Mit geöffnetem Mund schnappte er nach Luft wie ein Karpfen.

»Kurz gesagt«, resümierte Aurel freundlicherweise, »ich musste woanders suchen. Auf der Beerdigung habe ich zufällig eine alte Freundin von Béliot aus seinen Jugendtagen getroffen, eine Französin.«

Mortereau wandte sich überrascht Aurel zu. Er musste feststellen, dass sein Stellvertreter ihm wichtige Informationen vorenthalten hatte. Plötzlich begann er zu fürchten, was Aurel wohl enthüllen würde.

»Auch hier«, fuhr dieser ungerührt fort, »will ich Ihnen die Details ersparen. Aber die Frau hat mich auf die richtige Fährte gebracht, als sie mir Folgendes erzählte: Als Sohn einer Mutter, die ihn anbetete, betrachtete Béliot sich als Halbgott. Er war der Meinung, das Leben habe ihm übel mitgespielt, und seine mittelmäßige Existenz auf Erden war ihm unerträglich. Er wartete darauf, sich eines Tages rächen zu können. Kurzum, er träumte von einem großen Coup.«

Aurel breitete die Arme aus, um die Größe des besagten »Coups« anzudeuten.

»Er war bereit, alle dafür zu verraten. Und er hat es immer wieder getan. Aber jedes Mal ging die Sache den Bach herunter, wenn ich mich so ausdrücken darf.«

Diese Freiheit war im Vergleich zu den anderen, die Aurel sich ungefragt genommen hatte, kaum der Rede wert. Der Botschafter winkte überdrüssig ab. Sein letzter Widerstand schwand.

»Béliot wurde überall abgewiesen und landete schließlich in diesem Land, wo man ihn zunächst willkommen hieß. Doch weil er hier auch seinen letzten Geschäftspartnern in den Rücken fiel, erfuhr er schließlich ebenfalls Ablehnung. Und je mehr er an Ansehen verlor, isoliert und verachtet war, desto mehr träumte er von Rache. Das heißt, die Idee des ›großen Coups‹ wurde omnipräsent.«

»Also, dann kommen Sie jetzt endlich mal zu dem großen Coup«, warf der Botschafter ungeduldig ein.

Aurel zupfte nachdenklich am Stoff seiner Hose und versuchte, die Bügelfalte zu schärfen, die schon lange nicht mehr existierte.

»Ist Ihnen in diesem Land etwas Seltsames aufgefallen? Sie könnten sagen, es gäbe vieles, und da gebe ich Ihnen ganz recht!«

Pellepoix entblößte seine Zähne und das, was man als Lächeln hätte deuten können, ermutigte Aurel.

»Den offiziellen Statistiken zufolge werden in diesem Land hundert Prozent der von Wilderern erbeuteten Elefantenstoßzähne von Waldhütern, Polizei und anderen Stellen beschlagnahmt. Verstehen Sie? Zu einhundert Prozent. Das heißt: alle.«

»Ja, hundert Prozent. Na und?«

»Warum werden dann die Dickhäuter noch immer illegal in einem Land gejagt, in dem man *keine* Chance hat, den Kontrollen zu entkommen? Und hier wird nicht nur ein bisschen gejagt, sondern sehr viel. Trotz der Verbote und Beschlagnahmungen ist die Zahl der getöteten Tiere keineswegs zurückgegangen. Es scheint sogar, als würde sie steigen. Was sagt uns all das?«

Mortereau, dem die Verärgerung des Botschafters nicht entging, beschloss, an seiner Stelle zu antworten.

»Vielleicht, dass die offiziellen Statistiken aus der Luft gegriffen sind?«

»Aus der Luft gegriffen!«, kicherte Aurel. »Sie sind von den Vereinten Nationen bestätigt und werden von den größten Naturschutz-NGOs kontrolliert.«

»Dann vielleicht, dass die Wilderer trotzdem hoffen, irgendwie davonzukommen und einige Stoßzähne behalten zu können.«

»Keine Chance!«

»Würden Sie jetzt endlich mit Ihren Ratespielchen aufhören?«, unterbrach der Botschafter.

Durch die unerwartete Unterstützung seines Generalkonsuls ermutigt, schlug sich Aurel vor Vergnügen mit der flachen Hand auf den Schenkel.

»Sicher«, räumte er ein und hob die Arme, als würde er sich ergeben. »Ich gebe Ihnen die Antwort. Glauben Sie mir, ich habe lange gebraucht, um sie zu finden. Dabei ist sie ganz einfach.«

Bei diesen Worten sprang er zur Verwunderung seiner Gesprächspartner mit einem Satz auf.

»Die Wilderer töten die Elefanten weiter, weil sie sicher sind, ihr Elfenbein *verkaufen* zu können.«

»Gerade haben Sie gesagt, es würde beschlagnahmt«, empörte sich der Botschafter.

Aurel eilte zu ihm und hielt ihm zu Mortereaus großer Verzweiflung den ausgestreckten Zeigefinger unter die Nase.

»Ganz genau, Exzellenz, ganz genau! Nun schauen Sie mir zu.«

Er lief zurück in die Mitte des Raums und trampelte schwerfällig auf der Stelle.

»Hier ist ein Elefant. Und plötzlich, oh Schreck, tauchen Jäger auf!«

Er zuckte zusammen und erstarrte, als sei ein bedrohliches Kommando aus der Wand gesprungen, an der das vergilbte Bild von Johannes dem Täufer hing.

»Peng!«, schrie er. »Sie schießen ins Auge. Dahin muss man zielen, das weiß doch jeder. Der Elefant ist tot.«

Er spielte die Rolle des getroffenen Dickhäuters und ließ sich, tödlich getroffen, aufs Sofa sinken.

»Aber dann«, rief er und erhob sich, »entfernt man die Stoßzähne. Und sie werden in ein Lager gebracht.«

Er tat so, als würde er zwei riesige Zähne aus seinem Mund reißen.

»Und dort holen die Wilderer sie dann eines schönen Tages

heimlich wieder ab. Klammheimlich natürlich, weil sie eine Reihe von Leuten bestochen haben. Und somit haben sie gewonnen!«

Wie ein Boxer, der nach seinem gewonnenen Kampf vor dem Publikum die Arme in die Höhe reißt, wandte sich Aurel zuerst zum Botschafter, dann zu Mortereau.

»Alle sind zufrieden: die Vereinten Nationen, weil die Umwelt geschützt wurde, die Regierung, weil sie jede Menge internationale Subventionen bekommt, die Wilderer, weil sie maximalen Profit erzielen, und die Chinesen, weil sie weiter Billardkugeln herstellen können.«

Dann setzte er plötzlich ein bedrücktes Gesicht auf und nahm wieder auf dem Sofa Platz.

»Nur die Elefanten sind nicht zufrieden, aber das ist natürlich allen anderen egal.«

»Sie wollen uns also sagen«, unterbrach ihn der Botschafter, um dem Gespräch etwas Ernsthaftigkeit zu verleihen, »dass die Wilderer das beschlagnahmte Elfenbein selbst gestohlen haben?«

»Ja, das versichere ich Ihnen.«

»Und welche Beweise haben Sie dafür?«, fragte Mortereau.

»Und vor allem, welche Verbindung besteht zu dem Mord an dem alten Hotelier?«, ergänzte der Botschafter und schüttelte fassungslos den Kopf.

Aurel musterte die beiden, erhob sich und sagte, den Blick starr auf das Bild gerichtet, das den kleinen pausbäckigen Jesus zeigte:

»Der Pool war grün.«

Nach einem Moment der Verwunderung versetzte dieser Satz den Botschafter und den Generalkonsul in hellen Aufruhr.

Der Botschafter trat einen kleinen Beistelltisch um, sodass

ein Stapel *Christliche Familie* in portugiesischer Sprache auf dem Fußboden landete. Und Mortereau legte sein Gesicht in die Hände, als wolle er sich der Realität dieses Albtraums entziehen.

»Jetzt reicht's!«, brüllte Pellepoix. »Sie machen sich über uns lustig.«

Der Botschafter ging zur Tür, doch auf dem Weg dahin, wurde ihm bewusst, dass er sich in einem Kloster befand, und so stellte er das Tischchen wieder auf und sammelte die Zeitschriften ein. Mortereau eilte herbei, um ihm zu helfen. Während sie sich bückten, öffnete Aurel einen kleinen Koffer, der seit Beginn des Gesprächs auf dem Tisch gestanden hatte. Die Diplomaten hatten geglaubt, er gehöre den Nonnen. Mit dem grauen Stoffbezug hätte man ihn für einen Plattenspieler halten können. Doch nach dem Öffnen entpuppte er sich als ein sehr altes Tonbandgerät. Aurel drückte auf einen der Knöpfe.

»... Whisky. Und zwar schnell, du Luder.« Die laute Stimme, die aus dem Gerät ertönte, war die eines alten Mannes. Der Botschafter und der Generalkonsul richteten sich auf. Aurel drückte erneut auf einen der Knöpfe und hielt das Band an.

»Sie haben Roger Béliot nicht gekannt, oder?«, fragte er leise. »Man muss zugeben, dass er nicht gerade sanft mit seinem Personal umging. Glücklicherweise war er gegenüber seinen Gästen freundlicher.«

Mithilfe eines anderen Knopfs spulte er das Band vor und drückte dann auf »Start«. Aus dem Lautsprecher ertönte das Knarren eines Korbstuhls, dann raue Atemzüge. Erneut war Béliots Stimme zu hören, diesmal sanfter, fast freundlich.

»Geht's gut? Was macht die Gesundheit?«

»Ach, weißt du, wir sind jetzt alt.«

Die Person, die sprach, war ziemlich weit vom Mikrofon

entfernt, die Stimme leise, aber deutlich zu vernehmen. Der Mann sprach Französisch mit einem starken portugiesischen Akzent.

»Gut«, fuhr sie fort, »kommen wir zu den ernsten Dingen. Wir haben ein Problem, Roger.«

Das Gespräch dieser beiden Personen in der Stille des Besucherzimmers verlieh Aurels Ausführungen plötzlich Gewicht. Der Botschafter und der Generalkonsul standen da und sahen zu, wie sich die Tonspulen drehten.

»Welche Art von Problem?«

»Ein schlimmes. Ein sehr schlimmes sogar.«

»Ich höre.«

»Die Vereinten Nationen haben eine Gruppe von Inspektoren geschickt, sie sollen der Zerstörung des ...«

»Pst!«

Das Klappern von Damenabsätzen war zu hören, dann das Klirren von Gläsern und die sich wieder entfernenden Schritte der Bedienung. Béliot nahm als Erster das Gespräch wieder auf.

»Was ist das für eine Geschichte mit diesen Inspektoren?«

»Wie ich schon sagte. Anscheinend haben die Vereinten Nationen verlauten lassen, dass es so nicht weitergehen kann. Die Zerstörung der Stoßzähne war schon für letztes Jahr geplant, und es ist noch immer nichts passiert.«

»Aber das ist doch unmöglich. Ich dachte, das könnte man in sechs Monaten erledigen.«

»Es gibt schon so viel Ware. Warum willst du noch länger warten?«

»Weil meine Freunde einen großen Coup planen. Eine ganze Herde. Sie warten nur darauf, dass die Ware über die Grenze kommt. Das wären mindestens einhundert Stoßzahnpaare mehr.«

»Und ich sage dir, wenn wir noch länger warten, kommt gar nichts dabei heraus.«

Ein leises Gluckern verhieß, dass Béliot sein Glas in einem Zug geleert hatte.

»Maïté, bring mir noch einen!«, brüllte er ins Mikro. »Wir müssen uns diese Schnüffler vom Hals schaffen. Herrgott nochmal, wozu bezahlen wir all diese Leute, wenn keiner imstande ist, sie aufzuhalten?«

»Die Vereinten Nationen, Roger! Was willst du gegen die Vereinten Nationen unternehmen?«

»Was hast du gesagt? Wann kommen diese Inspektoren?«

»Am 22.«

»Der wievielte ist heute? Der 11. Gut, du hast recht, wir müssen loslegen.«

»Das denke ich auch.«

»Sind wir bereit?«

»Nicht ganz, aber ich verständige den Empfänger, und ich denke, dass wir das Lager innerhalb von achtundvierzig Stunden räumen können.«

Aurel drückte auf eine Taste, und die Aufnahme stoppte.

»Woher haben Sie das?«, fragte der Botschafter.

»Ich hoffe«, sagte Aurel, der die Frage einfach überging, »dass Sie sich jetzt hinsetzen und mir zuhören werden.«

Der Botschafter und Mortereau tauschten einen verlegenen Blick. Wie ein Zirkustiger, der unwillig auf seinem Hocker Platz nimmt, wich Pellepoix bis zum Sessel zurück und setzte sich. Mortereau folgte seinem Beispiel.

»Béliot war auf der Suche nach dem großen Coup und hatte ihn schließlich gefunden.«

Aurel führte seinen Bericht in dem bedachten Ton eines Großvaters fort, der seinen Enkeln eine Geschichte erzählt.

»Der von seiner Mutter verwöhnte Junge, das Einzelkind,

das sich in seinen Träumen als König der Welt sah, hatte schließlich ein großes Geschäft aufgetan, das ihm zumindest Reichtum, wenn nicht gar Ruhm einbringen würde.«

Die Nonnen, die begriffen hatten, dass das Konzil dauern würde, hatten ihre Arbeit rund um das Gebäude wieder aufgenommen. Aurel sah die Flügelhauben an den Fenstern vorbeigleiten wie schnelle Segelschiffe am Horizont.

»Sein ganzes Leben lang hatte Béliot nur eine Leidenschaft – die Jagd. Feuerwaffen vermittelten ihm zweifelsohne das Gefühl, allmächtig zu sein, und ließen ihn für eine Weile den Ambitionen seiner verstorbenen Mutter entsprechen.«

Die zunehmende Hitze, die Auswirkungen der Ereignisse dieses seltsamen Vormittags, der tiefe, weiche Sessel, in dem er saß, und Aurel mit seiner Gutenachtgeschichte – all das trug dazu bei, dass der Botschafter, der mit halb geschlossenen Augen gelauscht hatte, nun endgültig einschlief.

»Béliot hat lange Zeit alles Mögliche gejagt: Antilopen, Krokodile, Löwen. Und sogar Elefanten. Aber dann, nach seinem ersten Herzinfarkt, war er nicht mehr in der Lage, durch den Dschungel zu laufen.«

Als Pellepoix' Unterkiefer herabzusinken drohte, weckte Aurel ihn mit einem Paukenschlag.

»Aber nein!«, brüllte er. »Béliot würde nicht einfach so seinen Traum von Reichtum und Trophäen aufgeben. Und eines Tages – so zumindest könnte man es sich vorstellen, denn genau werden wir es nie erfahren – kam ihm *die Idee*, als er von Elefanten und ihren Stoßzähnen träumte.«

Aurel erhob sich und lehnte sich an eines der Fenster, dessen Scheibe von der Sonne gewärmt wurde. Er setzte die Miene eines begeisterten Schwadroneurs auf, der am Kamin lehnt.

»Die Anfänge können wir in diesem Stadium nur rekonstruieren. Aber bald, nämlich wenn die Beteiligten ihre Geschichten erzählen werden, werden wir Näheres erfahren.«

»Welche Beteiligten? Wovon reden Sie?«

»Béliot wusste vermutlich, dass seine Frau Fatoumata ihn betrog«, erklärte Aurel, der in aller Ruhe seiner Theorie folgte. »Ich glaube, das war ihm egal und kam sogar seinen Interessen entgegen. Denn sie hatte Ignace Mbala als ihren Liebhaber gewählt, den ehemaligen Polizeichef, der bald in Rente gehen würde. Und er war es, dem Béliot seinen großen Coup angeboten hat.«

Bei diesen Worten kam Mortereau ein schlüpfriger Witz in den Sinn. Er kicherte, doch der Botschafter warf ihm einen vernichtenden Blick zu, woraufhin er errötete.

»Er konnte ihn von allen Punkten überzeugen: Er sollte die Regierung dazu ermutigen, den Elfenbeinhandel zu ahnden, und gleichzeitig den Diebstahl der beschlagnahmten Ware organisieren.«

»Seit fast sieben Jahren hat die Regierung dieses Landes einen ökologischen Weg eingeschlagen«, unterbrach ihn Pellepoix, angestachelt durch die Aussicht, eine Schwachstelle in Aurels Argumentation zu finden. »Und meines Wissens hat es niemals einen Fall von Elfenbeindiebstahl beim Zoll gegeben.«

»Stimmt! Aber die Gesetzgebung und die Beschlagnahmungen haben nicht sofort gegriffen. Die ersten Stoßzähne wurden vor knapp vier Jahren in diesem Lager gesichert. Unsere Verschwörer haben abgewartet, bis sich genügend Beute angesammelt hatte, damit es sich auszahlte.«

Der Botschafter gab ein skeptisches »Hm« von sich. Dennoch musste er zugeben, dass Aurel die Angelegenheit gut meisterte.

»Und wer sind Ihrer Meinung nach die Leute, die Béliot bestochen haben sollen?«

»Die gibt es vermutlich auf allen Ebenen – in der Regierung, in der Justiz, bei der Polizei und beim Zoll. Sie haben dafür gesorgt, dass sie überall Komplizen hatten. Der harte Kern bei diesem Deal war hingegen recht klein.«

»Als da wären?«

Aurel zählte die Beteiligten an seinen Fingern ab.

»Natürlich Béliot selbst, dann der ehemalige Polizeichef und indirekt auch Fatoumata. Piotr, der als Verbindungsmann diente, mit seinen Komplizen, und einige Jäger.«

»Jäger?«

»Sicher. Das ist doch logisch. Béliot konnte schließlich keine Bekanntmachung an alle Wilderer dieser Gegend schicken, um ihnen zu sagen: Die Jagd ist zwar verboten, aber ihr könnt weiter schießen. Er musste zwei oder drei ausgewählte Jäger ins Vertrauen ziehen.«

»Die, von denen er auf der Tonbandaufnahme spricht«, rief Mortereau bestimmt.

Er hatte begriffen, dass es sich um eine ernsthafte Fährte handelte, und versuchte, sich an Aurels Ermittlungen anzuhängen und so zu tun, als wäre er über alles informiert gewesen.

»Auf der Beerdigung waren zwei Buschmänner zugegen«, fuhr Aurel fort. »Ich weiß, dass Béliot sie regelmäßig bei sich empfing.«

»Und welcher der Komplizen hat Ihrer Meinung nach Béliot tätlich angegriffen und aus welchem Grund?«

Die Frage des Botschafters bewies, dass auch er begann, Aurels Hypothese ernst zu nehmen. Dieser spürte, dass er die erste Runde gewonnen hatte. Er entspannte sich und machte ein paar Schritte zur Tür des Besucherzimmers. Er rief eine der Nonnen und fragte sie in aller Bescheidenheit, ob es möglich sei, ihnen etwas zu trinken bringen zu lassen. Dann kam er zurück, wischte sich die Stirn mit seinem Taschentuch ab und fuhr ruhiger fort:

»Es war Béliots Eigenart, seine Schergen nie gemeinsam zu empfangen. Er trennte sie kategorisch. Vielleicht, um seiner Macht Nachdruck zu verleihen, vielleicht, um keine Aufmerksamkeit zu erregen. Am Abend des Verbrechens war der Pool grün beleuchtet.«

Der Botschafter wurde wieder ungeduldig. Er hoffte, Aurel würde nicht erneut mit seinem Ratespielchen beginnen.

»Und was bedeutet das?«

»Grün war die Farbe, die den Jägern vorbehalten war.«

»Also waren sie es!«, unterbrach ihn Mortereau.

»Béliot erwartete die Jäger, aber nichts beweist, dass sie wirklich gekommen sind. Und auch nichts, dass sie allein gekommen sind.«

»Unter diesen Tonbändern, die Sie gefunden haben, gibt es doch sicher auch eine Aufnahme von der Mordnacht?«

Der Botschafter hatte diese Frage mit einer gewissen Ungeduld vorgebracht. Er rechnete damit, dass Aurel noch weitere Trümpfe im Ärmel verbarg, und die Art, wie er sich in Szene setzte, missfiel ihm.

»Leider nicht.«

»Und warum nicht? Sie haben ja schließlich das Tonbandgerät gefunden.«

Aurel seufzte.

»Verstehen Sie, Monsieur l'Ambassadeur, Béliot war ein alter Mann. Ich würde sogar sagen, ein armer alter Mann. Er hatte natürlich sein Hotel, aber sonst nichts. Und wenn man bedenkt, wie er es führte, dürfte es ihm nicht viel eingebracht haben. Die Anlage, die er installiert hatte, um seine Gäste auszuspionieren, stammte aus seiner Glanzzeit, das heißt, aus den Achtzigerjahren. Darum verwendete er ein Tonbandgerät, das damals vielleicht modern war, aber heute bei Weitem überholt ist.«

»Na und?«

»Das System war nicht sicher. Bei einem Stromausfall schaltete es sich aus.«

»Und gab es in der Mordnacht einen Stromausfall?«

»Um einundzwanzig Uhr. Das habe ich überprüft. Und außerdem erinnere ich mich, weil ich an jenem Abend die Übertragung eines Konzerts unter dem großen Dirigenten Barenboim aus der Kathedrale von Bukarest gehört habe ...«

»Fassen Sie sich kurz! Und gibt es für den Fall einer solchen Panne keinen Generator?«

»Bis der anspringt, bleibt das Tonband ausgeschaltet, und es schaltet sich auch nicht wieder automatisch ein.«

»Wir sitzen also in der Klemme«, rief Mortereau enttäuscht.

»Nicht ganz.«

Der Botschafter war mit seiner Geduld am Ende.

»Vielleicht können Sie uns direkt sagen, was Sie wissen, und uns mit Ihren Inszenierungen verschonen, so würden wir Zeit sparen.«

»Sie haben absolut recht«, räumte Aurel ein. Dann schwieg er in seinem Sessel zurückgelehnt, die Hände auf dem Bauch gefaltet.

»Nun?«, drängte der Generalkonsul.

Aurel schwieg weiter.

Der Botschafter stand auf und wandte sich zur Tür.

»Jetzt reicht es mir mit dieser Komödie.«

Mortereau schickte sich an, ihm zu folgen. Aber plötzlich wandte sich Aurel an ihn.

»Mein lieber Consul Général, könnten Sie, nachdem Sie der Jüngste in unserer Runde sind, eine kleine Arbeit für mich übernehmen?«

»Welcher Art?«

»Steigen Sie auf den Stuhl dort und schauen Sie oben auf den Geschirrschrank.«

Der Generalkonsul war verblüfft, dass ihm sein Untergebener einen solchen Auftrag erteilte. Er rührte sich nicht vom Fleck. Doch der Botschafter, der sein Zögern bemerkte, machte ihm ein Zeichen zu gehorchen. Mortereau griff nach einem Stuhl und trug ihn zum Geschirrschrank. Es handelte sich um ein Möbelstück aus Fichtenholz, dessen Regale mit Heiligenbildern und kleinen Marienstatuen vollgestellt waren, Mitbringsel aus Fátima oder Lourdes.

»Da oben steht eine runde Metalldose«, sagte Aurel, »sehen Sie die?«

Mortereau griff nach einer alten englischen Keksdose und holte sie herunter.

»Öffnen Sie sie bitte.«

Der Generalkonsul verzog das Gesicht, als er an dem Deckel drehte, der ein wenig klemmte. Im Inneren entdeckte er ein Bündel gerollter Papiere.

»Sehen Sie sich das oberste Blatt an. Das erste, ja.«

Es war die Fotokopie einer kleinen karierten Heftseite, die mit Zahlen vollgeschrieben war.

»Sie brauchen nicht Ihre Zeit damit zu verschwenden, all das zu entziffern.«

Der Botschafter nahm Mortereau das Blatt aus der Hand. Als Aurel seine Erklärungen begann, hatte er schon begriffen, um was es ging.

»Auf dem Papier steht ein Datum: Es handelt sich um den Tag nach der Aufnahme des Gespräches, das ich Ihnen vorgespielt habe. Béliots Bänder waren nach Datum geordnet. Unten sehen Sie eine Zahl. Sie stimmt genau mit der Menge der Elefantenstoßzähne überein, die sich am Tag des Diebstahls im Zolllager befand. Diese wurde seither ausreichend oft in der Presse zitiert. Sie ist mit einem zweistelligen Betrag multipliziert worden, vermutlich mit dem Stückpreis, den die Schmuggler bezahlt haben.«

Mortereau fuhr mit dem Finger über das Blatt.

»Weiter unten gibt es eine andere Zahl, die hat mir etwas Kopfzerbrechen bereitet, aber ich habe das Rätsel schließlich geknackt. Ich denke, es handelt sich um die Bestechungsgelder für all jene, deren Komplizenschaft es zu kaufen galt. Übrig bleibt eine Endsumme, die sich Béliot und seine Freunde teilen mussten. Ganz unten steht der Verteilungsschlüssel mit den Namen der vier Verschwörer: Neben unserem verstorbenen Freund sind da der ehemalige Polizeichef und die beiden Buschmänner. Außerdem ein ›F‹, das sicher für Fatoumata steht. Sie haben alle unten auf der Seite unterschrieben.«

»Aber es handelt sich um eine Kopie«, stellte der Botschafter fest und hob erstaunt den Kopf.

Aurel gab sich bescheiden.

»Das Original ist zu wertvoll, um es in einem Kloster herumliegen zu lassen.«

»Haben Sie es?«

»Es befindet sich an einem sicheren Ort.«

Die Stimmung war angespannt. Dem Botschafter Pellepoix de la Neuville war durchaus klar geworden, dass seine beruflichen Ambitionen in Gefahr waren. Genau das, was er am meisten befürchtete, stand bevor: Die Sache würde für Aufsehen sorgen.

»Was schlagen Sie vor?«, fragte er Aurel mit so gleichgültiger Miene, als habe er soeben eine Ansage beim Bridge gemacht.

»Das Dossier ist natürlich nicht vollständig. Aber wir verfügen doch über das, was Untersuchungsrichter als Indizienkette bezeichnen würden.«

»Und?«

»Und das ist ausreichend, damit Sie um einen Termin beim Premierminister bitten. Er empfängt Sie doch zumeist noch am selben Tag?«

Die Frage verlangte keine Antwort, denn Aurel war bestens informiert.

»Einen Termin ... Aber wozu?«

»Um eine vollständige Untersuchung anhand der Informationen zu verlangen, die Sie vorlegen werden. Und gleichzeitig müssen Sie natürlich rechtliche Schritte bei der französischen Justiz einleiten, die sich bis jetzt nicht für diesen Fall interessiert hat. Sie verlangen die sofortige Einleitung eines Ermittlungsverfahrens und die Übersendung eines Rechtshilfeersuchens.«

Neuville begriff, dass er sich geirrt hatte: Die Sache würde nicht für Aufsehen sorgen, sondern vielmehr einen Tsunami auslösen. Er malte sich die Reaktion der mosambikanischen Behörden, die diplomatische Krise und den Zorn des Außenministeriums aus. Die Vorstellung eines solchen Desasters war ihm unerträglich. Er beschloss einen letzten Vorstoß.

»Sie sind verrückt«, sagte er langsam.

»Leider ja«, räumte Aurel ein, der schon lange mit dieser Tatsache lebte.

Der Botschafter erhob sich und richtete seinen Oberkörper auf, um sein Urteil zu verkünden.

»Sie haben sehr gute Arbeit geleistet, Monsieur Timescu. Schade, dass es nicht Ihre ist, denn Sie sind kein Polizist, oder muss ich Sie daran erinnern, dass Sie dem Konsulat angehören? Zugleich verstehe ich Ihre Motivation, Sie wollen eine Frau befreien, die Sie für unschuldig halten ...«

»Das ist sie auch!«, brauste Aurel auf. »Es gilt herauszufinden, was wirklich vorgefallen ist. Der Mord an Béliot war ein

Unfall. Nach dem Diebstahl der Stoßzähne sind seine Komplizen gekommen, um ihren Teil des Kuchens einzufordern. Béliot hat versucht, sie hereinzulegen. Endlich hatte er den ›großen Coup‹ gelandet, Monsieur l'Ambassadeur. Auf den wollte er nicht wegen dieses jämmerlichen Haufens verzichten. Sie hatten ihm vertraut. Sie hatten ihm das Papier überlassen, in dem ihr Abkommen festgelegt war. Also hatten sie eben Pech gehabt.«

Aurel sprach schnell und ahmte Béliots Tonfall nach. Er gab ausgezeichnet das Grübeln und die Frustration dieses Mannes wieder. Doch plötzlich brach er ab.

»Das Treffen nahm eine ungute Wendung«, erklärte er finster. »Sie haben ihn gefesselt, geknebelt und geschlagen. Béliot war herzkrank. Er ist gestorben. Also haben sie ihn ins Wasser geworfen, um den Anschein zu erwecken, dass er ertrunken sei.«

»Egal ...«

»Nein, nein«, trumpfte Aurel auf, der jetzt mit erhobenem Zeigefinger im Zimmer herumsprang. »Das ist, im Gegenteil, sehr wichtig. Denn in diesem Moment haben sie begonnen, das Dokument zu suchen, das Sie jetzt in der Hand halten. Darum haben sie auch den kleinen Safe in seinem Schlafzimmer aufgebrochen. Aber leider war Béliot ein schlauer Mann. Der Safe war eine Attrappe. Für wirklich wichtige Dinge hatte er ein anderes Versteck. Und dieses Versteck kannte nur seine junge Gefährtin Lucrecia ...«

»Hören Sie, Aurel, das reicht jetzt. Diese Details sind unwichtig, wir haben verstanden.«

Der Botschafter hatte ihn bei seinem Vornamen genannt. Ein kleiner Sieg, Aurel klimperte kokett mit den Wimpern.

»Nein, nein, Sie wissen noch nicht alles. Als Fatoumata aus der Zeitung von den ungeklärten Todesumständen erfuhr, beschloss sie, ihre Freunde zu schützen und sich zugleich seiner Ex-Frau Françoise zu entledigen, die sie nie gemocht hatte. Zwei Fliegen mit einer Klappe! Dazu hat sie sich ihres Anwalts bedient, der ...«

»Ich habe gesagt ›es reicht!‹«, schrie der Botschafter.

Aurel erstarrte.

»Vielleicht haben Sie recht«, erklärte der Botschafter. »Und dann? Es geht also darum, nicht das Leben und die Freiheit einer Unschuldigen zu gefährden, denn Sie halten Madame Françoise Béliot für unschuldig ...«

»Sie ist es.«

»Nun gut ...«

Der Botschafter begriff, dass er Zugeständnisse machen musste, wenn er nicht alles verlieren wollte.

»... ich gebe mein Wort, dass ich mich darum kümmern werde, dass sie so schnell wie möglich freigelassen wird. Ich kenne den Justizminister gut. Hier lässt sich alles arrangieren. Dafür muss man keine politische Krise auslösen.«

Aurel erstarrte und fixierte den Botschafter.

»Das kommt nicht infrage. Es gibt Schuldige, und die müssen bestraft werden.«

Das war das Erbe seines jüdischen Großvaters. Diesem wohnte eine tiefe Entrüstung gegenüber Ungerechtigkeiten inne – ein Vermächtnis seiner frühesten Vorfahren, die diese zum Hauptfeind ihres Volkes erklärt hatten. In seiner Gegenwart spürte Aurel die Kraft der Propheten und den Mut der Märtyrer in sich aufkeimen.

»Die Schuldigen bestrafen«, höhnte der Botschafter mit einer Leichtigkeit, die er bald bereuen sollte, »aber das ist weder Ihre noch meine Aufgabe.«

»Nicht meine Aufgabe«, zischte Aurel mit funkelnden Augen. »Nicht meine Aufgabe! Aber was ist denn dann ›meine

Aufgabe‹? Welche höhere Aufgabe als die Gerechtigkeit haben wir auf dieser Welt?«

Er war nicht wiederzuerkennen. Entgegen seinem Aufzug und der Bescheidenheit, die ihn normalerweise auszeichneten, war dieser magere Körper plötzlich von einer fast übernatürlichen Macht erfüllt.

»Ein Mann ist tot. Hunderte Tiere, die schönsten, die Gott erschaffen hat, sind tot. Eine unschuldige Frau wurde ins Gefängnis geworfen. Und da soll man ertragen, dass sich die Schuldigen ungestraft ihrer Freiheit erfreuen?«

»Beruhigen Sie sich, ich bitte Sie«, flüsterte Mortereau mit erhobenen Händen, der die Reaktion des Botschafters fürchtete.

Doch Aurel war nicht zu bremsen. Mit dröhnender Stimme stieß er eine Reihe von Ausrufen hervor, die die Nonnen aufschreckten. Mehrere Flügelhauben erschienen am Fenster, um zu sehen, was los war.

»Ich weiß, dass es auf dieser Welt keine Gerechtigkeit gibt! Doch wenn man nach ihr sucht, strebt man zu Gott, oder, wenn Sie nicht gläubig sind, was manchmal auch auf mich zutrifft, nach dem heiligsten Teil unserer selbst. Es ist die größte Ehre, die wir unseren Vorfahren erweisen können. Denn diese hatten außer diesem Glauben nichts, um zu überleben.«

Pellepoix war zunächst zutiefst erstaunt angesichts dieses Ausbruchs, fasste sich aber langsam wieder, während sich Aurel weiter über Gerechtigkeit, Vorfahren und Elefanten ausließ. Als der Prophet kurz innehielt, um Luft zu holen, griff er ein.

»Sie brauchen nicht so zu schreien. Ich werde nicht tun, was Sie verlangen. Das ist doch lächerlich.«

Aurels Gesichtszüge entgleisten. Das Funkeln in seinen

Augen erlosch. Er kniff sie leicht zusammen, seine Lippen wurden zu einem schmalen Strich. Und seine Miene wurde hinterhältig und grausam.

»Ah, das ist also lächerlich!«, äffte er.

»Absolut.«

»Und Sie werden es nicht tun?«

»Nein.«

Aurel schüttelte sich und zog seine Jacke zurecht, was völlig überflüssig war, da sie sein Unterhemd ohnehin kaum bedeckte.

»Na, dann wünsche ich einen guten Tag.«

Er legte den Finger an die Schläfe, um zu grüßen, wie früher die Arbeiter.

»Die UN-Inspektoren werden sich bestimmt für meine Informationen interessieren.«

Der Botschafter zuckte mit den Schultern.

»Nur zu«, sagte er. »Sie werden schon sehen, wie die Ihr Geschwätz aufnehmen. Sie verstehen nichts von der örtlichen Situation. Und die Missgeschicke des Monsieur Béliot ...«

Aurel lachte höhnisch. Er wartete, bis der Botschafter wieder ernst geworden war und fügte dann ruhig hinzu:

»Für eine Information allerdings werden sie empfänglich sein.«

»Ach ja?«

»Für den Namen des Schiffs, das die Stoßzähne geladen hat. Zu dieser Stunde hat es Mombasa bereits verlassen, aber es wird nicht schwer sein, das Schiff auf dem Indischen Ozean zu durchsuchen.«

»Sie wissen, wo sich die Stoßzähne befinden?«, rief Mortereau.

»Es steht schwarz auf weiß auf einem Dokument in der Blechdose. Ebenso wie die Anschrift des chinesischen Käufers.«

Die beiden Diplomaten sahen sich sprachlos an.

»Und?«, fragte schließlich der Botschafter.

»Und Sie haben die Wahl. Entweder leiten Sie hier vor Ort die nötigen Maßnahmen ein, um die Schuldigen zu bestrafen und Françoise Béliot zu befreien. Oder Sie weigern sich, und die Sache wird zu einem weltweiten Skandal. In diesem Fall nähme sie natürlich eher eine ökologische als eine kriminelle Wendung, da gebe ich Ihnen recht. Und die Elefanten werden besser verteidigt als die Menschen. Sie haben die Wahl. Wenn Sie schweigen, gefährden Sie Ihre guten Beziehungen hier vor Ort nicht, aber Frankreich würde international geächtet, weil es den Elfenbeinhandel gedeckt hat. Wenn Sie hingegen den Fall selbst aufdecken, wird man Ihnen vorwerfen, die Regierung dieses Landes verstimmt zu haben, aber Ihnen wird das Verdienst zuteilwerden, ein großer Umweltschützer zu sein. In einer Zeit, in der sich alle für den Planeten einsetzen, ist das nicht gerade unerheblich.«

Der Botschafter überlegte lange. Dann erklärte er übellaunig:

»›Was man nicht verhindern kann, muss man wollen‹.«

»Machiavelli«, bemerkte Mortereau, was keine Kunst war, da es sich um den viel zitierten Lieblingssatz seines Vorgesetzten handelte.

»Ich rufe das Büro des Premierministers an«, sagte der Botschafter mit finsterer Miene und zückte sein Handy.

XIV

Es war schon dunkel. Meist begannen Empfänge dieser Art hier um neunzehn Uhr, wenn in den Tropen bereits die Sonne untergegangen war.

Zuerst wurden Reden gehalten. Denn ohne vorher seinen Obolus für die Diplomatie geleistet zu haben, geziemte es sich nicht, sich auf das Büfett zu stürzen. Der libanesische Botschafter hielt eine endlose Rede, um allen Anwesenden für ihr Kommen anlässlich des Nationalfeiertags seines Landes zu danken. Dann versuchte er sich an einer ergreifenden Würdigung der Beziehungen zwischen dem Libanon und Mosambik, die sich allerdings auf seine alleinige Anwesenheit beschränkte. Die literarischen Bezüge, die der Diplomat elegant einflocht, verstärkten hingegen – was wirklich bedauerlich war – nur den Appetit derjenigen, die im Garten der Residenz standen und warteten. Diejenigen, die am weitesten vom Rednerpult entfernt und gleichzeitig dem Büfett am nächsten waren, begannen – unter schwachem Protest der Kellner –, ein paar Petits Fours zu stibitzen. Einigen von ihnen gelang es sogar, den Koch, der die kleinen Fleischspieße zubereiten sollte, davon zu überzeugen, dass es an der Zeit war, mit dem Grillen zu beginnen. Sie kosteten seine ersten Versuche und wischten sich die Sauce ab, die ihnen unters Kinn lief. Der libanesische Botschafter redete noch immer, aber die Bewegung Richtung

Büfett erfasste nach und nach die gesamte Menge, sodass der Diplomat seine Ansprache vor einer Handvoll afrikanischer Staatsdiener beendete, die besorgt die weit entfernten Tische beobachteten und sich fragten, was wohl für sie noch übrig bleiben würde. Die Nationalhymnen beider Länder wurden auf einer schlechten Stereoanlage abgespielt. Der spärliche Applaus ging im Stimmengewirr und Geschirrklappern unter.

Aurel hatte respektvoll das Ende der Reden abgewartet, ehe er sich den Servierplatten zuwandte. Das war ihm allerdings nicht schwergefallen, da ihn diese bereits am Vortag zubereiteten Speisen, die den ganzen Nachmittag bis zur Eröffnung der Feier in der prallen Sonne gestanden hatten, kaum reizten. Er versuchte dennoch, unter Einsatz seiner Ellenbogen an ein Glas Weißwein zu kommen. Wegen der vielen Leute war ihm ein wenig schwindlig, denn er hatte in den letzten sechs Wochen seine Wohnung nicht verlassen.

Das Gedränge beförderte ihn direkt neben einen dicken Mann, der ihm auf dem Weg vom Büfett auf den Fuß trat. Aurel stieß einen Schrei aus. Der Mann drehte sich um.

»Timescu!«

»Nicolaï! Immer noch so gefräßig?«, rief Aurel, als er den vollen Teller sah, den der andere in der Hand hielt.

»Es gibt Schlimmeres!«

Sie begrüßten sich ausgiebig auf Rumänisch und fuhren dann auf Französisch fort.

»Ich komme gerade aus Bukarest«, sagte der Mann namens Nicolaï, »zwei Monate Urlaub.«

»Ich habe auch gerade ein paar Wochen Urlaub gemacht, aber hier, zu Hause.«

»Merkwürdige Idee.«

»Du weißt nicht, wie das ist. Mit deiner kleinen rumänischen Sonderdelegation für das südliche Afrika arbeitest du ganz allein. Du hast niemanden, der dir im Nacken sitzt. An einer französischen Botschaft sieht das schon ganz anders aus.«

»Bisher hast du doch immer getan, was du wolltest, nämlich nicht viel, oder?«

Nicolaï hatte Aurel bereits auf anderen Posten getroffen, und er wusste, mit welcher Energie er sich die Arbeit vom Hals hielt.

»Diesmal hatte ich einige Probleme mit dem französischen Botschafter, und ich musste warten, bis er gegangen war.«

»Ich habe gehört, dass er nach Frankreich zurückbeordert wurde. Dabei war er doch noch gar nicht so lange im Amt. Was ist passiert?«

Auch wenn Aurel Nicolaï vertraute, begnügte er sich mit einer Kurzfassung der Geschichte.

»Er hat einen Fall von Elfenbeinschmuggel aufgedeckt und ihn der Regierung gemeldet. Das gefiel den Mosambikanern gar nicht.«

»Ach ja, das habe ich im Radio gehört. Dabei waren sie doch angeblich so vorbildlich. Sie haben die Elefantenstoßzähne, die bereits nach China verschifft worden waren, zurückgeholt und die Schuldigen hinter Gitter gebracht. Alle waren voll des Lobes für sie. Selbst der Generalsekretär der Vereinten Nationen ...«

Sie waren bis ans hintere Ende des Gartens gelaufen und hatten sich auf zwei wackeligen Stühlen niedergelassen. Aurel balancierte sein Weinglas und Nicolaï seinen Teller, von dem er sich mit den Fingern bediente.

»Na ja«, sagte Aurel. »Vorbildlich, wenn man so will ... Sie mussten es tun. Ich glaube nicht, dass sie so viele Leute zu Fall bringen wollten. Aber die Presse hat etliche Helfershelfer in wichtigen Ämtern bei Verwaltung, Polizei und Zoll aufgedeckt. Sie waren gezwungen, reinen Tisch zu machen.«

»Wie hoch ging es hinauf?«

»Es ist ihnen gelungen, die höchsten Positionen aus der Schusslinie zu nehmen. Immunität und so weiter. Alles in allem war das eine knappe Sache, und das haben sie dem armen Pellepoix de la Neuville nicht verziehen. Dabei hat er doch nur seine Pflicht getan.«

Nicolaï zuckte mit den Schultern.

»Diese Westler sind schon komisch. Wenn sie, wie wir, unter Ceaușescu groß geworden wären, hätten sie gelernt, was Pflichtbewusstsein heißt ...«

Aurel lächelte und trank seinen Weißwein aus.

»Ich hole mir noch ein Glas. Soll ich dir etwas mitbringen?«

»Für mich das Gleiche.«

Aurel stürzte sich ins Getümmel und kehrte – die Arme in die Luft gereckt – mit zwei Gläsern zurück, die mit lauwarmem Sekt gefüllt waren. Etwas Besseres hatte er nicht auftreiben können.

»Übrigens«, sagte Nicolaï, als er nach seinem Glas griff, »während du weg warst, habe ich nachgedacht. Was hat das Ganze eigentlich mit dir zu tun? Warum hast du dich in deiner Wohnung verkrochen? War der Botschafter sauer auf dich?«

»Ein wenig. Es ist zu kompliziert, dir alles zu erklären. Man braucht halt einen Sündenbock, wenn es mal nicht so läuft wie geplant.«

»Da gebe ich dir recht, in so einem Fall fällt die Wahl nicht selten auf Typen wie uns, auf die Bauernopfer ...«

»Du sagst es«, rief Aurel, der froh war, nicht allzu viel dazu sagen zu müssen. »Wohlgemerkt, ich bin sicher, dass mir nichts passiert. Ich habe zwar ein bisschen geholfen, die Schuldigen ausfindig zu machen, aber das kann mir niemand zum Vorwurf machen. Außerdem bin ich Beamter. Dieser Status ist in Frankreich unantastbar. Wenn meine Vorgesetzten mir etwas vorwerfen, also immer, haben sie nur eine Lösung: mich in ein Kabuff zu sperren. Und damit bin ich einverstanden!«

Sie lachten vergnügt und stießen mit ihren Gläsern aus unechtem Kristall an.

Eine gute Viertelstunde verging, in der sie über dieses und jenes plauderten, über Neuigkeiten aus Rumänien – als sich auf einmal eine Frau, ihr Handy am Ohr, aus der Menge löste. Aurel schenkte ihr zunächst keine Beachtung. Doch die Frau suchte nach einem ruhigen Plätzchen, um ihr Telefonat führen zu können, und näherte sich der Ecke, in die sich Aurel und Nicolaï zurückgezogen hatten. Als sie nur noch wenige Schritte von ihnen entfernt war, drehte sie sich um: Es war Françoise Béliot.

Aurel erstarrte und konnte nichts anderes tun, als einfältig zu lächeln. Nachdem sie ihr Gespräch beendet hatte, kam Françoise auf ihn zu.

»Mir scheint, wir kennen uns«, sagte sie und richtete dabei ihre blauen Augen auf ihn.

»Aber gewiss, Madame.«

Aurel erhob sich und vollführte eine Verbeugung, die er selbst als lächerlich empfand.

»Setzen Sie sich doch, bitte.«

Sie schob ihn fast zur Seite, doch mit dem gleichen Eifer, mit dem er aufgestanden war, fiel er auch wieder auf seinen Stuhl zurück. Sie blieb stehen.

»Ich hatte keine Gelegenheit, Sie nach meinem Gefängnisaufenthalt noch einmal zu sehen.«

»Ja, ja«, stammelte er, weil ihm nichts Besseres einfiel.

»Es war eine sehr schwere Zeit für mich. Ihr Besuch hat mir gutgetan. Ich möchte Ihnen dafür herzlich danken.«

Wie ein Anfänger beim Tennis, der mit Schrecken den Ball auf sich zukommen sieht, wusste Aurel, dass es nun an ihm war, etwas zu sagen.

»Nicht der Rede wert ... Ich habe nur meine Pflicht getan ... Und nun ... geht es Ihnen ... gut?«

»Gott sei Dank ist die Wahrheit ans Licht gekommen. Die Bastarde, die meinen Mann getötet haben, sitzen nun – statt meiner Wenigkeit – hinter Gittern. Es freut mich besonders, dass diese Hexe Fatoumata und ihr ekelhafter Liebhaber, der ehemalige Polizeichef, entlarvt wurden.«

»Ich habe gehört, dass Sie nicht sofort freigelassen wurden?«

»Was glauben Sie denn! Die Mühlen der Justiz mahlen langsam, vor allem, wenn es keine wahre Gerechtigkeit gibt. Maître Dieudonné, der sich bereit erklärt hatte, mich zu verteidigen, brauchte mehrere Wochen, um meine Freilassung zu erwirken.«

Aurel spürte, dass sein Mitgefühl gefragt war.

»Das muss Ihnen sehr lang vorgekommen sein ...«

»Ja. Aber in dem Moment, als ich von der Sache mit den Elefanten erfuhr, wusste ich, dass ich gewonnen hatte. Es war nur eine Frage der Zeit.«

»Haben Sie es denn recht früh erfahren?«

Françoise lächelte und sah ihn ein wenig mitleidig an. Diese schlichte Person war definitiv das fünfte Rad am Wagen.

»Der Generalkonsul Mortereau höchstpersönlich hat mir diese Nachricht im Gefängnis überbracht.«

Aurel schüttelte verwundert den Kopf.

»Im Übrigen ...«

Françoise beugte sich zu Aurel vor, um ihm etwas ins Ohr zu flüstern, obwohl sie bei dem Lärm auf dem Fest gezwungen war zu schreien.

»… man soll es ja nicht herumposaunen, aber der Generalkonsul hat … eine wesentliche Rolle bei dieser ganzen Angelegenheit gespielt.«

»Sieh an …«

»Er hat parallel seine eigenen Ermittlungen durchgeführt und schließlich den Botschafter mit den Informationen versorgt, die zur Überführung der Täter nötig waren, und für die Wiederbeschaffung des Elfenbeins.«

»Unglaublich.«

»Und wissen Sie, wer ihn auf diese Spur gebracht hat?«

»Sie werden es mir sicher gleich verraten.«

»Eines Nachts kam der Wärter, der dem französischen Konsulat gerne behilflich sein wollte – ich nehme an wegen einer Visumsangelegenheit –, und weckte mich. Er wollte wissen, in welcher Farbe der Pool meines Mannes in der Mordnacht beleuchtet war. Ich sprach mit Monsieur Mortereau darüber. Und er sagte mir, dass tatsächlich dieser Hinweis der entscheidende gewesen sei.«

Der gute Isidore, dachte Aurel, er wollte mich nicht verraten und hat meinen Namen nicht preisgegeben.

»Ich wusste nicht«, sagte er, »dass der Generalkonsul ein Held ist.«

»Ein Held, in der Tat. Bescheiden wie wahre Helden eben sind. Sie können stolz darauf sein, für ihn zu arbeiten.«

»Das wäre untertrieben«, meinte Aurel, der sich leicht von seinem Sitz erhob und eine Verbeugung andeutete.

Françoise Béliot bedachte ihn mit einem Blick voll heiterer Nachsicht. Selbst die unbedeutendsten Geschöpfe haben ein Recht auf Achtung, und sie war froh, dieser armen kleinen Beamtenseele die ihre zu erweisen.

»Ich muss wieder zu meinem Freund«, entschuldigte sie sich.

Ein älterer, eleganter Herr mit graugewelltem, nach hinten gekämmtem Haar suchte sie unter den Gästen.

»Nach meiner Freilassung wurde ich ins Krankenhaus eingeliefert. Ich war sehr schwach. Doktor Fekhi hat sich sehr gut um mich gekümmert. Er ist Pakistaner. Er hat mich hierher mitgenommen.«

Sie winkte ihm aus der Ferne zu.

»Ich komme gleich«, artikulierte sie lautlos mit den Lippen. Ein jugendliches Lächeln ließ ihr Gesicht erstrahlen.

Welche Mittel auch immer dieser Arzt eingesetzt hatte, man musste anerkennen, dass er ihr die Lebensfreude zurückgegeben hatte.

Als sie gerade gehen wollte, stellte Aurel ihr noch eine letzte Frage.

»Haben Sie etwas von Lucrecia gehört?«

»Sie hat ein Mädchen zur Welt gebracht. Ein wenig zu früh, aber es war nicht schlimm.«

»Ist sie noch immer bei den Karmelitinnen?«

Françoise war schon weiter weg. Sie rief:

»Wegen dieser ganzen Geschichte war sie sehr gefragt. Sie ist dabei einem Journalisten begegnet. Einem Belgier, glaube ich, und sie beide werden mit der Kleinen dorthin ziehen. Adieu, Monsieur ... Monsieur ...«

Ihr fiel auf, dass sie seinen Namen vergessen hatte. Aber es war zu spät, um zurückzugehen.

Das Fest war in vollem Gange. Man hörte Gelächter und ab und zu eine laute Frauenstimme.

Aurel und Nicolaï schwiegen lange und beobachteten das Geschehen.

»Ob es hier wohl ein Klavier gibt?«

»Ich glaube, ich habe eins im Salon gesehen, als ich kam.«

Aurel erhob sich, und sein Landsmann folgte ihm, ohne zu

wissen, warum. Sie fanden den Stutzflügel vor einem der großen Panoramafenster.

    Aurel begann zu spielen. Dann kamen ihm der Jazz und tausend andere Melodien in den Sinn. Nach und nach versammelten sich die Gäste um ihn herum. Aurel war in Bestform, oder zumindest glaubten die Leute das. Und dank seiner Musik tanzten sie vergnügt bis zum frühen Morgen.